學日語50音不用背

「聽」字母「看」日本文化

台語說：「ABC狗咬豬！」「你講什麼**阿里不達**的，我聽嘸（我聽不懂）！」ABC是英文26字母的開頭，而**阿里不達**在台語中一般是指「雜七雜八」或「有的沒有」的意思。據說**阿里不達**是阿拉伯語的開頭字母，反映出以前閩南沿海一帶的人遇上阿拉伯人時無法溝通時的困擾。因此，當我們面對日語時，或許也會出現「你講什麼 **あいうえお** ，我聽嘸！（我聽不懂）」的狀況。不過，只要學會基本字母，應該就不會有不知所云的困擾，也不會陷入「**霧嘎嘎**（搞不清楚）」或「**阿里不達**」的境地。尤其日語更是如此，一般只要學會50音，就能掌握說話者的字句發音，也能輕鬆快樂地歌唱日語歌曲。

《學50音不用背》一書不但運用俄國心理學家維高斯基Vygotsky的鷹架觀念，而且善用學習者的基本知識，以口訣方式，觸動聯想，讓學習者輕鬆「聽」字母，「看」文化，「學」字母。50音就在這樣的「螺旋式發音練習」與口訣的搭配下進入腦海，而日本男女姓名學、和服、料理、祭典、藝妓等文化知識也在書中圖文並茂的視覺呈現下快速掌握。如此「聽」字母「看」日本文化，且不用死背的50音學習書應該是想跨入日語世界的學習者最佳選擇！

輔仁大學日文系教授　楊錦昌

善用既有的中文優勢，學50音更輕鬆！

從事教育事業多年，如何將母語及外語之間的關係融入教育之中，一直是個人相當關心的一個課題。眾多的外國語教育中，又屬日本與中國的語文相互關係最為密切。日文的假名是由漢字導入其雛形，再由日人自行研創而產生。也因為如此，藉由中文字來理解日文的假名，應顯得更加的容易。

近日由台灣廣廈出版集團旗下的國際學村出版社出版了這本《學50音不用背》，抽取教育方式中Vygotsky鷹架理論中的概念，以國人最熟悉的漢字為「鷹架」，從而導入日文假名的學習，這種藉「已知」引導「未知」的學習方式，是最容易讓學習者接受的。另一方面，又把課程以輕鬆的口訣方式呈現，取代了嚴肅的文字，所以當讀者跟著書唸著「安全帶忘了繫好，撞到痛的啊啊叫」，不但自己會覺得很好玩，趣味性十足，也很容易就能產生「假名中『あ』的形狀類似『安』，而它的發音是『啊』」這樣的印象，最後，再以逗趣的圖案與故事來鞏固讀者的記憶。相信這本書，對於想要學好五十音的人，可以帶來很大的幫助。

東吳大學日文系講師　祝曉梅

學會50音！選對教材則事半功倍

在追求國際化的社會中，會兩種以上外文是種趨勢。日語中因為有讓人倍感親切的漢字，使日語成為最熱門的外國語。近年更因為開放高中第二外語、哈日風盛行、日本美食文化、赴日觀光免簽證等因素，使得學習日語的動機更多樣化，學習人口也逐年遞增。彷彿現代如果不會說幾句日語就落伍囉！

如眾人所知，學習日語的第一步是先了解日語的基礎－50音。日語的文字結構由平假名、片假名、漢字所組成，只要先將這三種文字記號學好，就能說出簡單的詞彙、生活短句。然而對初學者而言，接觸50音後發現還有濁音、半濁音、拗音等，會覺得一個頭兩個大，怎麼記都記不住。因而造成學習停滯。其實這些都是以50音為基礎來做變化而已，只要把它學好其他就不成問題了。那麼該如何學好50音呢？這是初學者常問的問題。過去我常會說多練習、製作字卡多背。現今由於坊間出現許多日語學習書，只要找對入門書，必定可達事半功倍之效。

這本《學50音不用背》有別於以往的假名練習50音入門，是一本能讓您輕鬆學會50音的日語入門書。本書特點之一是以口訣故事闡述清音，讓學習者能將字形字音一起聯想。例如「安全帶忘了繫好　撞到痛的啊啊叫」。平假名為「あ」的假名是由「安」轉變而來的，而其發音則像「啊」。如此一來，朗朗上口唸出口訣的同時，50音已經反射性被熟記腦中。其次，一頁一字將平假名、片假名放在同一跨頁，標示每個字的寫法與字源，讓您一目了然一次就能記住兩種。搭配豐富的插圖，將抽象的單字圖像化，讓您越讀越有趣，捨不得放下它。最後，這本雖是假名入門書，但是它除了有輔助您學習50音的口訣、有趣的小故事之外，也包括一些有關日本的節慶、習俗等的小知識。使您在輕鬆學50音的同時也能吸收不少日本文化訊息，真是一舉數得。

基於上述理由加上多年教學經驗，相信這本是值得推薦給大家的。好的開始是成功的一半，快速記憶口訣能讓您快速學會50音，奠定您的學習信心，為日後的日語學習紮下良好的基礎。

輔仁大學日文系副教授　許孟蓉

「今天背、明天忘」的煩惱將不會再困擾你

這一本就夠了，真的就這麼簡單，聽的看的都有100%的強力學習效果

1 圖像記憶有趣不會忘

圖像與記憶口訣相輔相成，字源、發音一次快速搞定。

2 發音口訣

教您如何以最熟悉的方法記住發音輕鬆不會忘!!

3 聽RAP輕鬆快樂記字源

藉著mp3裡的RAP演唱，同時記住字源和發音。書中並附有QR碼，只要有智慧型手機，隨時可以收聽。

4 小故事輕鬆聯想

詼諧、逗趣的小故事加強對口訣的鮮明印象。

5 筆順步驟一目瞭然

每個音都附有明瞭的筆畫順序，即使自學亦好學易懂。

6 發音規則一次就學會

用文字圖形清楚講解日語重音的四種表達方式。

7 重音對意思才會對

以錯誤的發音導致誤會的方式來釐清重音的使用，並教導正確的發音方式。

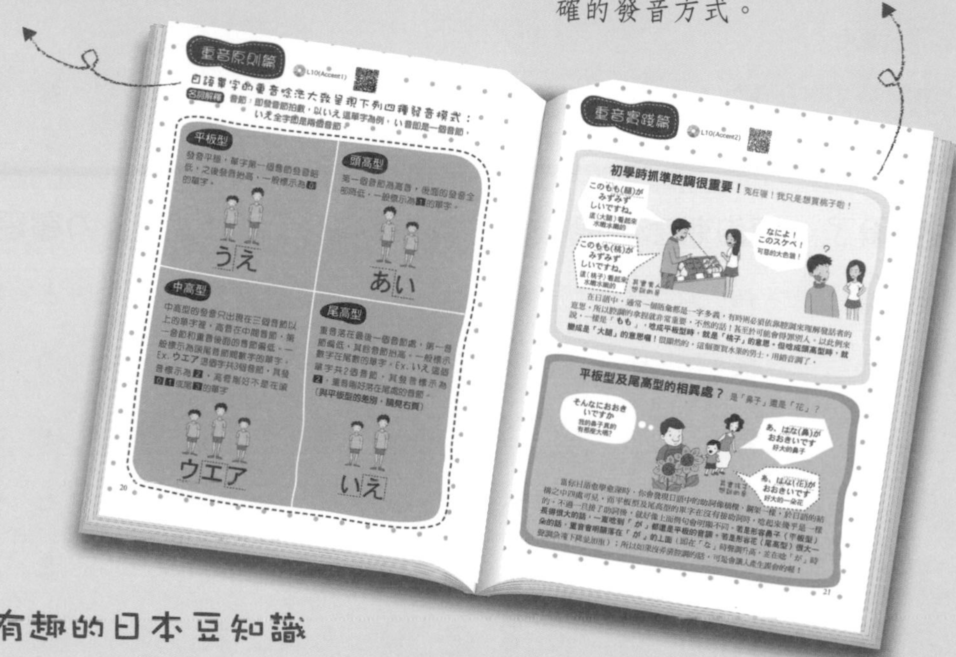

8 有趣的日本豆知識

全書備有十頁精采的日本文化介紹穿插其中。練習累了，可以停下來小憩一下，放鬆閱讀，提高你的學習熱情，重新出發。

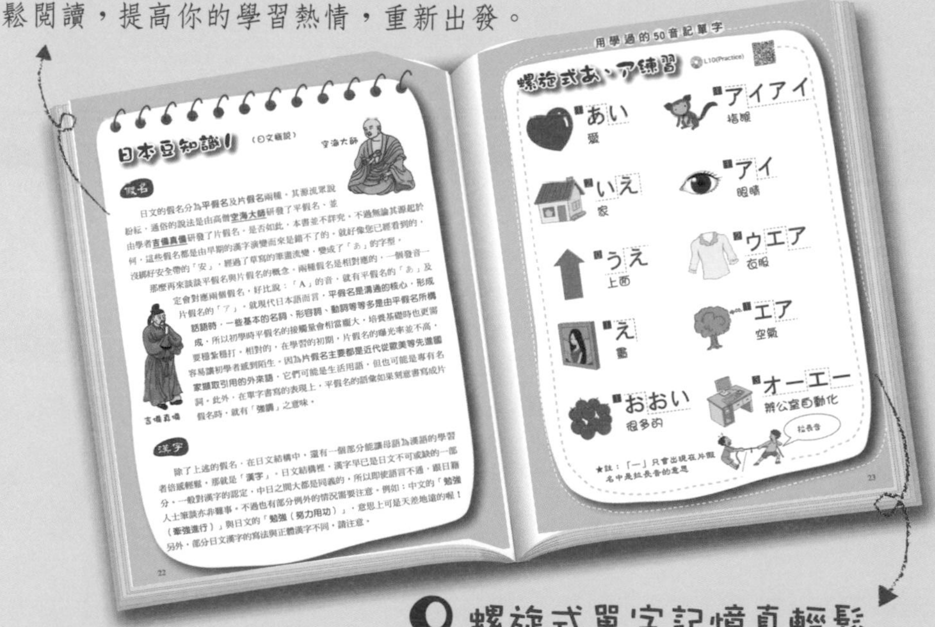

9 螺旋式單字記憶真輕鬆

練習的單字僅採用你已學過的單字練習。讓您不會在練習中，因有生字造成練習遲滯不前。

目錄

平假名【清音】以漢字的草寫為源頭依據所創造的日語假名，變化如下：

安→安→あ 10	以→以→い 12	宇→宇→う 14	衣→衣→え 16	於→於→お 18
加→加→か 24	幾→幾→き 26	久→久→く 28	計→計→け 30	己→己→こ 32
左→左→さ 36	之→之→し 38	寸→寸→す 40	世→世→せ 42	曾→曾→そ 44
太→太→た 48	知→知→ち 50	川→川→つ 52	天→天→て 54	止→止→と 56
奈→奈→な 60	仁→仁→に 62	奴→奴→ぬ 64	祢→祢→ね 66	乃→乃→の 68
波→波→は 72	比→比→ひ 74	不→不→ふ 76	部→部→へ 78	保→保→ほ 80
末→末→ま 84	美→美→み 86	武→武→む 88	女→女→め 90	毛→毛→も 92
也→也→や 96		由→由→ゆ 98		與→與→よ 100
良→良→ら 104	利→利→り 106	留→留→る 108	礼→礼→れ 110	呂→呂→ろ 112
和→和→わ 116	爲→也→ゐ 120		惠→也→ゑ 120	遠→遠→を 118
无→也→ん 121				

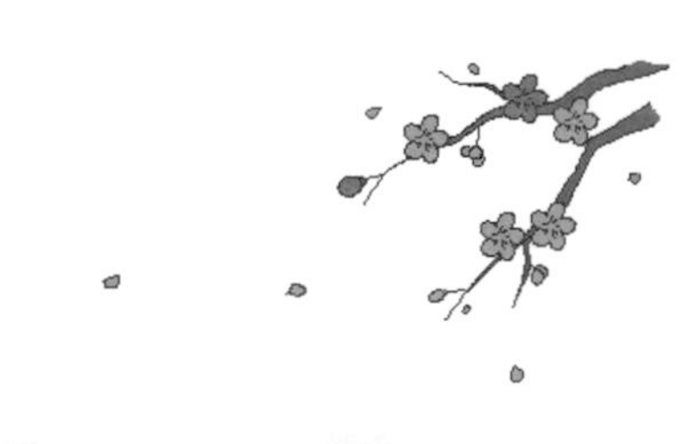

平假名【濁音】

がぎぐげご
ざじずぜぞ 122

だぢづでど
ばびぶべぼ 123

平假名【半濁音】

ぱぴぷぺぽ 124

片假名【清音】 取漢字的某部分為依據所創造的日語假名，變化如下：

ア段	イ段	ウ段	エ段	オ段
阿→阝→ア 11	伊→イ 13	宇→宀→ウ 15	江→エ 17	於→才→オ 19
加→カ 25	幾→幾→キ 27	久→ク→ク 29	介→亇→ケ 31	己→コ 33
散→艹→サ 37	之→之→シ 39	須→六→ス 41	世→七→セ 43	曾→丷→ソ 45
多→タ 49	千→チ 51	川→川→ツ 53	天→チ→テ 55	止→上→ト 57
奈→ナ→ナ 61	二→ニ 63	奴→ヌ 65	祢→ネ 67	乃→ノ 69
八→ハ 73	比→ヒ 75	不→丆→フ 77	部→阝→ヘ 79	保→ホ 81
万→フ→マ 85	三→ミ 87	牟→ム 89	女→女→メ 91	毛→毛→モ 93
也→乜→ヤ 97		由→ユ→ユ 99		與→与→ヨ 101
良→ラ→ラ 105	利→刂→リ 107	流→儿→ル 109	礼→乚→レ 111	呂→ロ 113
和→ワ→ワ 117	井→ヰ 120		惠→ヱ 120	乎→ヲ→ヲ 119
尔→ン→ン 121				

片假名【濁音】

ガ ギ グ ゲ ゴ
ザ ジ ズ ゼ ゾ 122

ダ ヂ ヅ デ ド
バ ビ ブ ベ ボ 123

片假名【半濁音】

パ ピ プ ペ ポ 124

平假名【拗音】

きゃ	きゅ	きょ	
しゃ	しゅ	しょ	125
ちゃ	ちゅ	ちょ	
にゃ	にゅ	にょ	
ひゃ	ひゅ	ひょ	
みゃ	みゅ	みょ	126
りゃ	りゅ	りょ	
ぎゃ	ぎゅ	ぎょ	
じゃ	じゅ	じょ	
びゃ	びゅ	びょ	127
ぴゃ	ぴゅ	ぴょ	

片假名【拗音】

キャ	キュ	キョ	
シャ	シュ	ショ	125
チャ	チュ	チョ	
ニャ	ニュ	ニョ	
ヒャ	ヒュ	ヒョ	
ミャ	ミュ	ミョ	126
リャ	リュ	リョ	
ギャ	ギュ	ギョ	
ジャ	ジュ	ジョ	
ビャ	ビュ	ビョ	127
ピャ	ピュ	ピョ	

日本豆知識

重音原則篇 20

重音實踐篇 21

日本豆知識1（日文概說） 22

日本豆知識2（日式男女姓名學） 34

日本豆知識3（日本和服之美） 46

日本豆知識4（日本男女節日） 58

日本豆知識5（日式美味料理） 70

日本豆知識6（日本慶典之旅） 82

日本豆知識7（大和之美－藝妓與舞妓） 94

日本豆知識8（日本人過新年Ⅰ） 102

日本豆知識9（日本人過新年Ⅱ） 114

日本豆知識10（古字與方言） 120

螺旋式發音練習

螺旋式 あ、ア 練習 23

螺旋式 か、カ 練習 35

螺旋式 さ、サ 練習 47

螺旋式 た、タ 練習 59

螺旋式 な、ナ 練習 71

螺旋式 は、ハ 練習 83

螺旋式 ま、マ 練習 95

螺旋式 や、ヤ 練習 103

螺旋式 ら、ラ 練習 115

螺旋式 わ、ワ 練習 121

如何在電腦輸入日文字？

電腦的輸入一般是依羅馬拼音的方式輸入日文。首先在電腦中的「控制台」中裝載日文輸入法之後，再依下列步驟開始日語的輸入。

1. 轉換到日文輸入法。
2. 依每個日文字的羅馬拼音去輸入。一般來說，只要羅馬音背得滾瓜爛熟，那就很容易了。例如：「さ」我們知道是「sa」，那就一樣先輸入「s」，再輸入「a」，這時候出現的「さ」下面會有一條虛線，這時按空白鍵，就能選擇要的假名，並能看到許多「sa」音的漢字可以選擇。接著，找到要的字再按Enter鍵就好了。
3. 其他補充：
   Ⓐ 鼻音「ん」可以快擊兩次「n」鍵，能比較快登打出來。
   Ⓑ 促音的打法，是後面那個字的子音連打兩次，例如：「きっぷ」的話就是後面的「ぷ（pu）」的「p」登打兩次，即「kippu」。
   Ⓒ 要單獨打出字體小的促音字時，也可以在前面該假名的發音前加上一個「x」鍵直接就登打出來，例如：「っ」，可以用「xtsu」打出。

其他常用的模式

在螢幕右下角的日文輸入法的「あ（Input　mode）」字上按下左鍵，可以看到其他的輸入模式，其中較常用的三種說明如下：

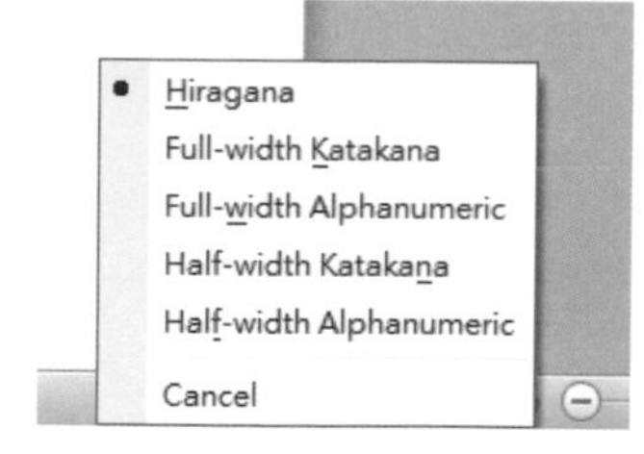

- **Hiragana：**
  一般最常用的，初始以平假名全型輸入。
- **Full-width Katakana：**
  初始以片假名全型輸入。當需要長篇都打片假名的時候，建議使用。
- **Half-width Katakana：**
  初始以片假名半型輸入。

如何在手機輸入日文字？

手機的輸入法一般常見有兩種，一種是同上的假名輸入方法（同上不再贅述），另一種是滑動輸入。滑動輸入主要是手機螢幕上有十二宮格「あ、か、さ、た、な、は、ま、や、ら、わ」（底排會有兩格是濁音、半濁音鍵及符號鍵）。

這種輸入方法只要在某一行按住就會出現上下左右四格，左邊的是i段音、上面的是u段音、右邊的是e段音、下面的則是o段音的假名。按住不放便能輸入a段音假名，想要輸入某一段的假名，再依上述的方向滑動就好。只需要按一次，也相當方便。

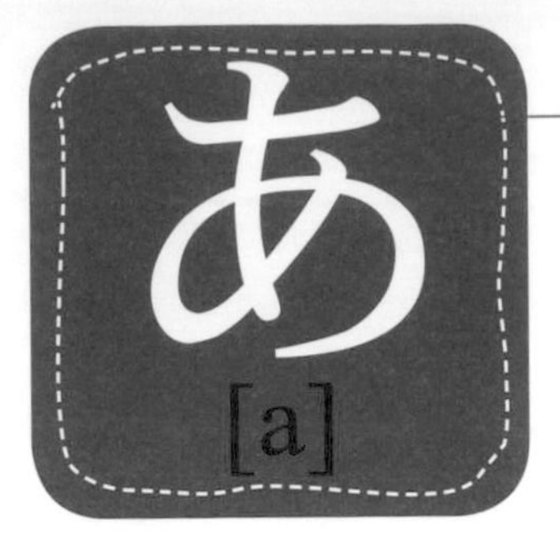

圖像記憶&口訣

安全帶忘了繫好 撞到痛的啊啊叫

發音口訣

「あ」的發音為「a」，近似國語的「啊」。

聽Rap記字源

♪♪安安安變あああ　安安變ああ♪♪

「あ」是由草寫的「安」字演變而來，安→あ→あ

小故事輕鬆聯想

喜劇片裡常有這種畫面，沒繫安全帶的丑角，在一個緊急剎車下，『碰～』的一聲，撞得跟豬頭一樣。這時候一定會「啊（あ）啊啊～～」的慘叫。別懷疑！就這麼簡單，聽到這個慘叫聲，你已經學會第一個日語字母的發音了。平時行車在外，一定要繫好安全帶喔。**藉由痛得啊啊叫來輕鬆聯想（あ）的發音吧！**

筆順步驟

あ　❶ あ　❷ あ　❸ あ

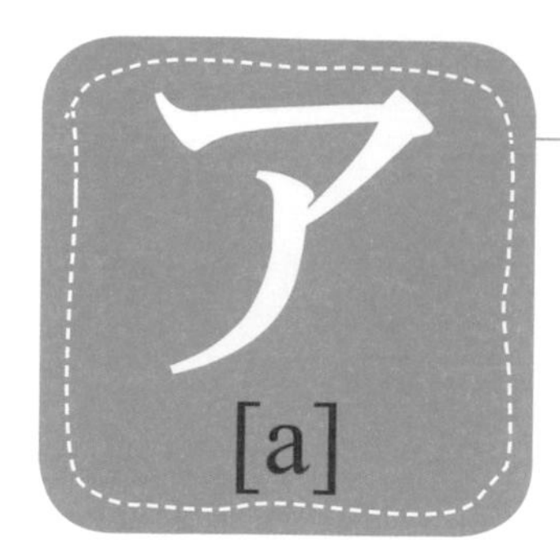

圖像記憶＆口訣

阿拉伯人耳朵被拉
一樣痛的啊啊啊

發音口訣

「ア」的發音也是「a」，亦近似國語的「啊」。

聽Rap記字源

♪♪阿阿阿變アアア　阿阿變アア♪♪

「ア」是由「阿」字演變而來，阿→阝→阝→ア

小故事輕鬆聯想

阿拉伯的男人可以娶四個老婆。哇！真是享盡齊人之福。相信男性同胞們一定百般羨慕。不過！當有一天四個老婆一起河東獅吼的時候，那保證就不是「可怕」兩個字可以形容的。瞧這位阿拉伯的仁兄得罪了四位太座，「啊（ア）啊啊～～」的慘叫，看來今天有得受囉！**藉由阿拉伯男人的慘叫「啊啊啊～」來輕鬆聯想（ア）的發音吧！**

筆順步驟

❶ 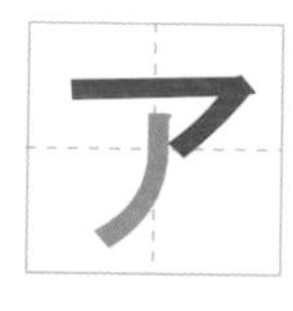

❷ 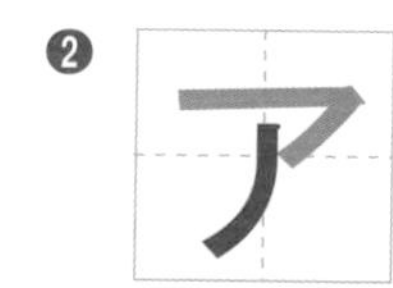

圖像記憶＆口訣

以色列人遊死海
穿著泳衣跳下海

發音口訣

「い」的發音為「i」，近似國語的「衣」。

聽Rap記字源

♪♪ 以以以變いいい　以以變いい ♪♪

「い」是由草寫的「以」字演變而來，以→以→い

小故事輕鬆聯想

以色列所瀕臨的死海，鹽分濃度是一般海水的十倍之多，所以連人都能輕易的浮在海面上。想必有過這特殊經驗的人一定會感到非常有趣。不過海泳雖然比較刺激，穿著泳衣（い）跳下海時千萬要留意，跳下去前先看會不會撞到人呀！**藉由穿著泳衣的以色列美女來輕鬆聯想（い）的發音吧！**

筆順步驟

❶ 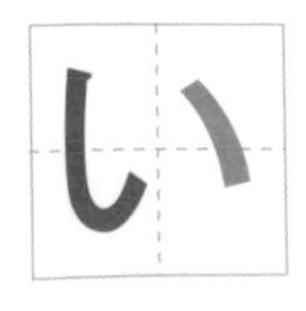
❷ 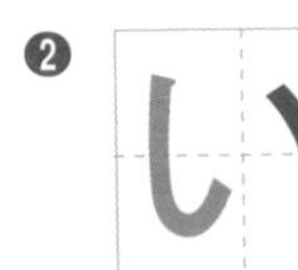

圖像記憶&口訣

《伊索寓言》有夠讚 一群孩子都愛看

發音口訣

「イ」的發音也是「i」，亦近似國語的「衣(一)」。

聽Rap記字源

♪♪伊伊伊變イイイ　伊伊變イイ♪♪

「イ」是由「伊」字演變而來，伊→イ

小故事輕鬆聯想

小時候聽過這個故事吧！一隻兔子自以為跑得快，在跟烏龜賽跑時過度輕敵，結果吃了大虧。沒錯！這就是《伊索寓言》裡的經典故事「龜兔賽跑」。這故事既精采，又充滿智慧與警示內涵，今天森田媽媽要來講這個故事，還是有一（イ）群孩子都好喜歡，紛紛圍上來聽囉。**藉由聽伊索寓言故事的一群孩子來輕鬆聯想（イ）的發音吧！**

筆順步驟

❶ 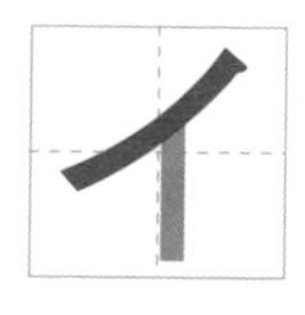

❷ 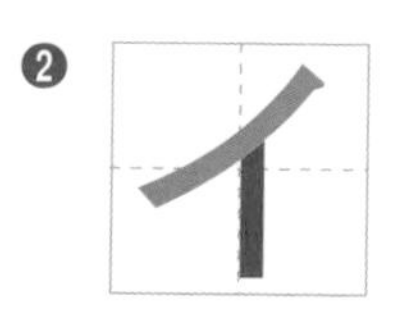

圖像記憶&口訣

宇宙船升到半空 把烏鴉撞成肉鬆

「う」的發音為「u」，近似國語的「烏」。

聽Rap記字源

♪♪宇宇宇變ううう　宇宇變うう♪♪

「う」是由草寫的「宇」字演變而來，宇→宀→う

小故事輕鬆聯想

飛機撞到一群鳥之後，會發生什麼事呢？不過這次可是外太空來的宇宙船不小心撞上了一群烏（う）鴉，結果竟然變成了一包包的「黑鴉牌」肉鬆掉了下來，真是太不可思議了。看來這次的太空任務，有免費的肉鬆可以吃喔！**藉由被宇宙船撞上的烏鴉來輕鬆聯想（う）的發音吧！**

筆順步驟

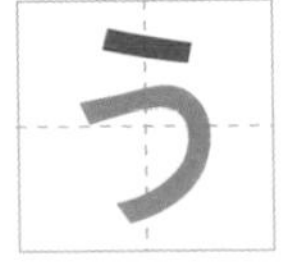

❶ 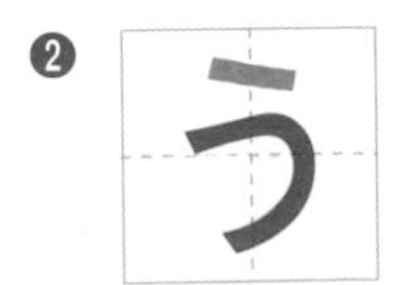

❷ う

第6課

圖像記憶＆口訣

宇宙船需要修復
停在烏來看日出

發音口訣

「ウ」的發音也是「u」，亦近似國語的「烏」。

聽Rap記字源

♪♪宇宇宇變ウウウ　宇宇變ウウ♪♪

「ウ」是由「宇」字演變而來，宇→宀→ウ

小故事輕鬆聯想

機器用久了總會有故障的時候，外星來的宇宙船也不例外。自從把烏鴉撞成「黑鴉牌」肉鬆之後，宇宙船好像也出了點小狀況，於是不得已之下，緊急迫降在烏（ウ）來修護。反正一時也修不好，就順便留在烏來看個日出囉，這可是台灣的美景，世上人人誇讚的喔！**藉由宇宙船迫降在烏來輕鬆聯想（ウ）的發音吧！**

筆順步驟

❶ 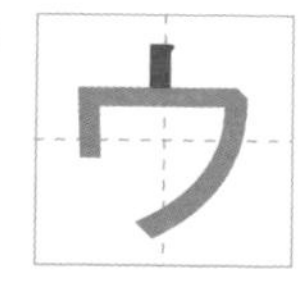

❷ 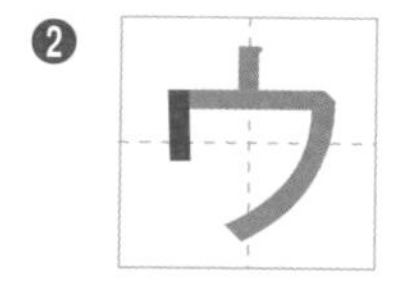

❸ 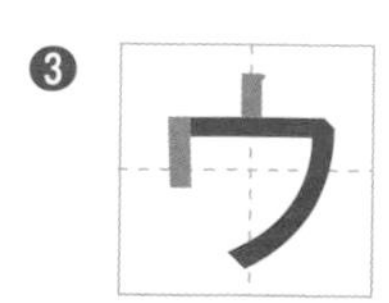

圖像記憶＆口訣

衣服跳樓大拍賣
A到一折真愉快

發音口訣

「え」的發音為「e」，近似英語的「A」。

聽Rap記字源

♪♪ 衣衣衣變えええ　衣衣變ええ ♪♪

「え」是由草寫的「衣」字演變而來，衣→ 衣 →え

小故事輕鬆聯想

平時在日系化妝品公司上班的植村花小姐可說是精打細算出了名的，聽說百貨公司的高檔衣服可能會下殺到一折時，怎可輕易錯過！就算是蹺班也不能放棄這個物超所值的好機會。看來植村花小姐果然是第一個 A（え）到了一折的客人，樂到合不攏嘴囉！**藉由A到一折的低價衣服來輕鬆聯想（え）的發音吧！**

筆順步驟

え ❶ え ❷ え

圖像記憶&口訣

江洋大盜跑得快 A～在前面有捕快

發音口訣

「ㄝ」的發音也是「e」，亦近似英語的「A」。

聽Rap記字源

♪♪江江江變ㄝㄝㄝ　江江變ㄝㄝ♪♪

「ㄝ」是由「江」字演變而來，江→ㄝ

小故事輕鬆聯想

常常胡作非為的江洋大盜竹本熊，這次又搶了一家新開張的銀樓，經常跟捕快玩「你追我就跑」的亡命遊戲。這回他又被捕快緊追不捨，不過竹本熊這次可要吃癟了！逃亡的這條路上居然出現了一個臨檢站，竹本熊吃驚地說：「A～（ㄝ）」在前面居然也有捕快，這下不妙啦。」俗話說：「夜路走多了！總會遇到鬼」。這下竹本熊可要傷腦筋了；**藉由江洋大盜竹本熊吃驚的「A～」的一聲輕鬆聯想（ㄝ）的發音吧！**

筆順步驟

❶ 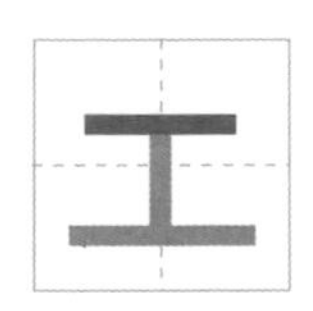

❷ 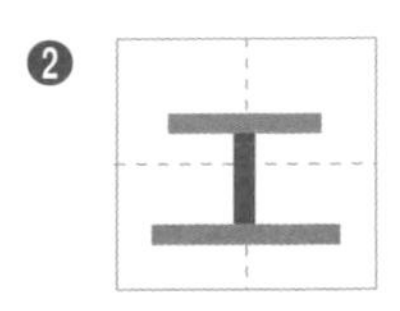

❸ 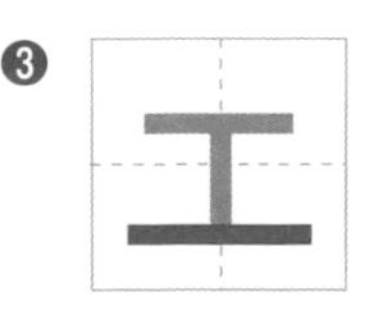

お

[o]

第9課

L09

圖像記憶&口訣

於是我化成海鷗
飛上天時被圍毆

發音口訣

「お」的發音為「o」，近似國語的「鷗」。

聽Rap記字源

♪♪ 於於於變おおお　於於變おお ♪♪

「お」是由草寫的「於」字演變而來，於→お→お

小故事輕鬆聯想

相信大家都做過一些莫名奇妙的夢吧！聽說夢境常常是反射你心裡深層的想法喔。平常菜菜子就喜歡幻想自己是一隻自由自在的海鷗，可以到處飛翔遨遊大海。有一天她夢到自己真的變成了一隻飛翔在天空的海鷗（お）。不過！她卻沒有想到，夢境裡竟也出現現實社會當中的「以大欺小以強欺弱」的生存法則。**藉由漂亮的菜菜子小姐想變成一隻海鷗來輕鬆聯想（お）的發音吧！**

筆順步驟

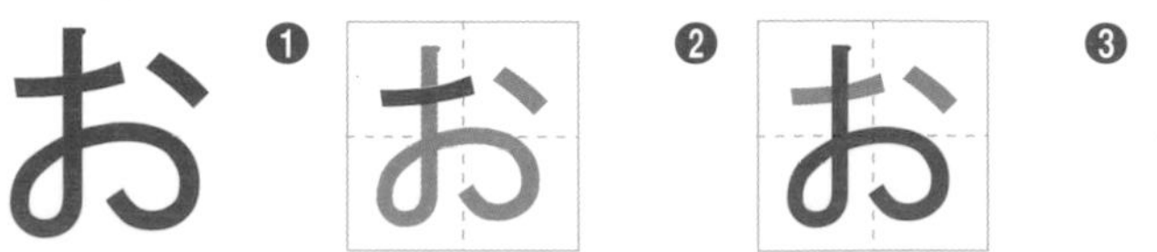

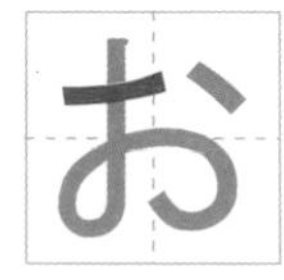

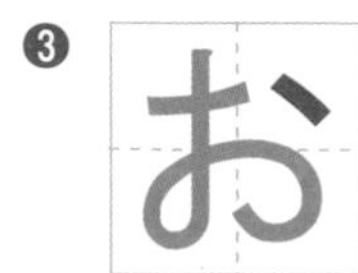

圖像記憶&口訣

《羅密歐與茱莉葉》在今晚終於上演

「オ」的發音也是「o」，亦近似國語的「謳（歐）」。

聽Rap記字源

♪♪於於於變オオオ　於於變オオ♪♪

「オ」是由「於」字演變而來，於→ オ→オ

小故事輕鬆聯想

籌備了好久，《羅密歐（オ）與茱莉葉》的舞台劇終於要在今天晚上正式上演了。只是不愛運動的羅密歐最近好像又更胖嚕，站在陽台上的茱莉葉等到一個發胖的羅密歐也被嚇了一大跳呢！**藉由這個搞笑版的羅密歐與茱莉葉來輕鬆聯想（オ）的發音吧！**

筆順步驟

オ ❶  ❷  ❸ 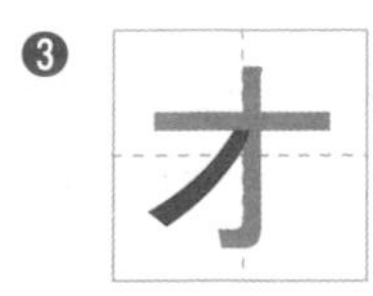

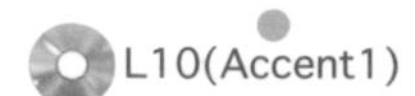

日語單字的重音唸法大致呈現下列四種發音模式：

名詞解釋 音節：即發音節拍數，以いえ 這個單字為例，い音即是一個音節，いえ 全字即是兩個音節。

平板型

發音平穩，單字第一個音節發音略低，之後發音抬高，一般標示為 **0** 的單字。

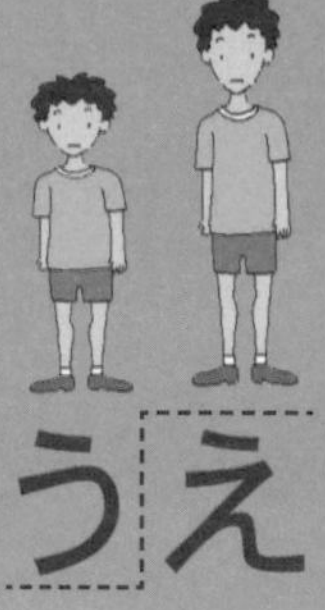

頭高型

第一個音節為高音，後面的發音全部降低，一般標示為 **1** 的單字。

中高型

中高型的發音只出現在三個音節以上的單字裡，高音在中間音節，第一音節和重音後面的音節偏低。一般標示為頭尾音節間數字的單字。Ex. **ウエア** 這個字共3個音節，其發音標示為 **2** ，高音剛好不是在頭 **0** **1** 或尾 **3** 的單字

尾高型

重音落在最後一個音節處，第一音節偏低，其餘音節抬高。一般標示數字在尾數的單字。Ex. **いえ** 這個單字共2個音節，其發音標示為 **2** ，重音剛好落在尾處的音節。

（與平板型的差別，請見右頁）

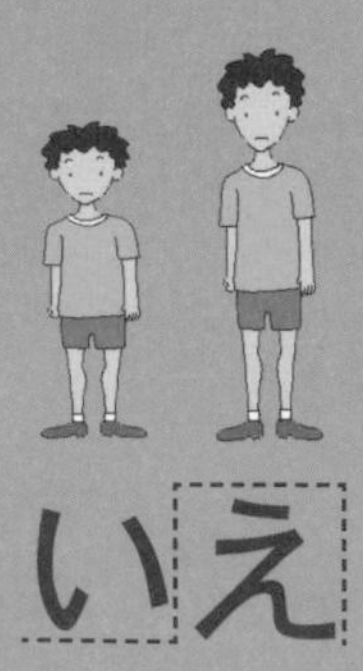

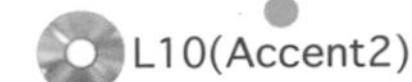

初學時抓準腔調很重要！冤枉喔！我只是想買桃子啦！

このもも(腿)が
みずみず
しいですね。
這（大腿）看起來
水嫩水嫩的

このもも(桃)が
みずみず
しいですね。
這（桃子）看起來
水嫩水嫩的

其實男人
想說的是

なによ！
このスケベ！
可惡的大色狼！

在日語中，通常一個語彙都是一字多義，有時則必須依靠腔調來理解發話者的意思。所以腔調的拿捏就非常重要，不然的話！甚至於可能會得罪別人。以此例來說，一樣是「もも」，**唸成平板型時，就是「桃子」的意思。但唸成頭高型時，就變成是「大腿」的意思囉！**很顯然的，這個要買水果的男士，用錯音調了。

平板型及尾高型的相異處？是「鼻子」還是「花」？

そんなにおおき
いですか
我的鼻子真的
有那麼大嗎?

あ、はな(鼻)が
おおきいです。
好大的鼻子

あ、はな(花)が
おおきいです。
好大的一朵花

其實孩子
想說的是

當你日語愈學愈深時，你會發現日語中的助詞像橋樑、鋼架一樣，於日語的結構之中四處可見。而平板型及尾高型的單字在沒有接助詞時，唸起來幾乎是一樣的。不過一旦接了助詞後，就好像上面例句會明顯不同。**若是形容鼻子（平板型）長得很大的話，一直唸到「が」都還是平板的音調。若是形容花（尾高型）很大一朵的話，重音會明顯落在「が」的上面**（即在「な」時聲調升高，並在唸「が」時聲調急速下降並加重）；所以如果沒弄清腔調的話，可是會讓人產生誤會的喔！

日本豆知識1 （日文概說）

空海大師

假名

日文的假名分為**平假名**及**片假名**兩種。其源流眾說紛紜，通俗的說法是由高僧**空海大師**研發了平假名、並由學者**吉備真備**研發了片假名。是否如此，本書並不詳究。不過無論其源起於何，這些假名都是由早期的漢字演變而來是錯不了的。就好像您已經看到的，沒綁好安全帶的「安」，經過了草寫的筆畫流變，變成了「あ」的字型。

那麼再來談談平假名與片假名的概念。兩種假名是相對應的，一個發音一定會對應兩個假名，好比說：「A」的音，就有平假名的「あ」及片假名的「ア」。就現代日本語而言，**平假名是溝通的核心，形成話語時，一些基本的名詞、形容詞、動詞等等多是由平假名所構成**，所以初學時平假名的接觸量會相當龐大，培養基礎時也更需要穩紮穩打。相對的，在學習的初期，片假名的曝光率並不高，容易讓初學者感到陌生。因為**片假名主要都是近代從歐美等先進國家擷取引用的外來語**，它們可能是生活用語，但也可能是專有名詞。此外，在單字書寫的表現上，平假名的語彙如果刻意書寫成片假名時，就有「**強調**」之意味。

吉備真備

漢字

除了上述的假名，在日文結構中，還有一個部分能讓母語為中文的學習者倍感輕鬆，那就是「**漢字**」。日文結構裡，漢字早已是日文不可或缺的一部分。一般對漢字的認定，中日之間大都是同義的，所以即使語言不通，跟日籍人士筆談亦非難事。不過也有部分例外的情況需要注意。例如：中文的「**勉強（牽強進行）**」與日文的「**勉強（努力用功）**」，意思上可是天差地遠的喔！另外，部分日文漢字的寫法與正體漢字不同，請注意。

螺旋式あ、ア練習

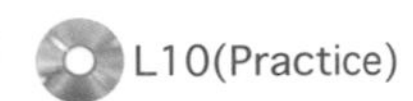

1 あい
愛

1 アイアイ
指猴

2 いえ
家

1 アイ
眼睛

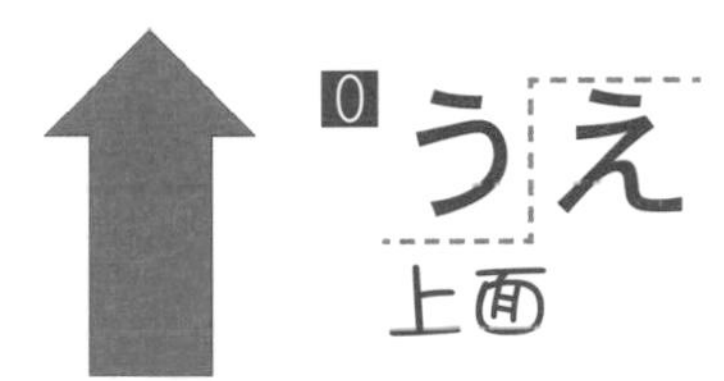

0 うえ
上面

2 ウエア
衣服

1 え
畫

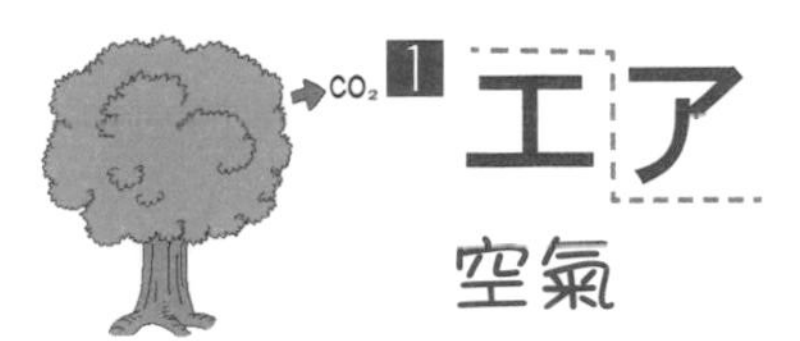

1 エア
空氣

1 おおい
很多的

3 オーエー
辦公室自動化

★註：「ー」只會出現在片假名中是拉長音的意思

第11課

圖像記憶＆口訣

加油站附設網咖
加油上網都半價

「か」的發音為「ka」，近似國語的「咖」。

聽Rap記字源

♪♪加加加變かかか　加加變かか♪♪

「か」是由草寫的「加」字演變而來，加→加→か

小故事輕鬆聯想

商業行銷手法可說是推陳出新，大家為了搶生意，行銷手法可說是求新求變，當然在激烈競爭下享受福利的人就是聰明的消費者了！最近大雄家附近多了好多加油站，剛開張的這家加油站還推出了附設網咖（か）來吸引客群，而且最吸引人的是「加油上網通通半價」。**藉由加油站裡出現的網咖來輕鬆聯想（か）的發音吧！**

筆順步驟

か ❶か ❷か ❸か

圖像記憶&口訣

加拿大名模出外景
導演喊卡後殺青

發音口訣

「カ」的發音也是「ka」，亦近似國語的「咖（卡）」。

聽Rap記字源

♪♪加加加變カカカ　加加變カカ♪♪

「**カ**」是由「加」字演變而來，加→**カ**

小故事輕鬆聯想

加拿大名模蘇菲亞小姐也要開始拍人生的第一部電影了，而且整部電影全是外景。雖然多半工作都是在室內走秀或拍攝，但這次在電影當中演自己最熟悉的身分，也就是「模特兒」，表現當然就是駕輕就熟，每個鏡頭一次就搞定，導演滿意的大聲喊卡（カ），過程非常順利，大家都很開心！**藉由導演喊卡的聲音來輕鬆聯想（カ）的發音吧！**

筆順步驟

カ ❶ カ ❷ カ

圖像記憶&口訣

幾點了還不睡覺 Keyboard敲到快壞掉

「き」的發音為「ki」，近似英語音標的「ki」。

聽Rap記字源

♪♪ 幾幾幾變ききき　幾幾變きき ♪♪

「き」是由草寫的「幾」字演變而來，幾→𛀆→き

小故事輕鬆聯想

現代人一上網就會到三更半夜還不下線！雖然是放假期間，不過堂本荒一這次也玩得太兇了！已經三更半夜了還沒睡覺，甚至連電腦鍵盤 keyboard 都敲壞了，今晚更把媽媽惹火了，媽媽半夜醒來看見荒一還在打線上遊戲，怒火中燒大聲地吼向荒一：「幾點啦！還不睡覺，Key（き）board 還一直敲敲敲！以後零用錢全部減半！」。堂本媽媽會不會是故意借題發揮？**藉由媽媽指責敲 Key board 的話語來輕鬆聯想（き）的發音吧！**

筆順步驟

❶ 

❷ 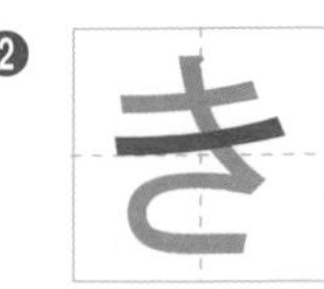

❸ 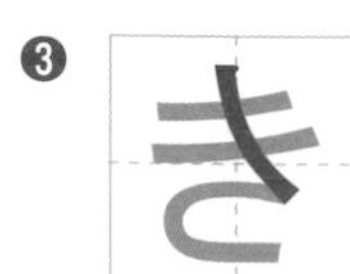

❹ 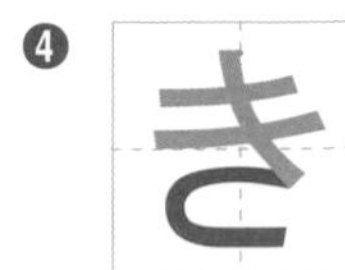

圖像記憶＆口訣

幾何圖形記Key word 效果看來挺不錯

Key word

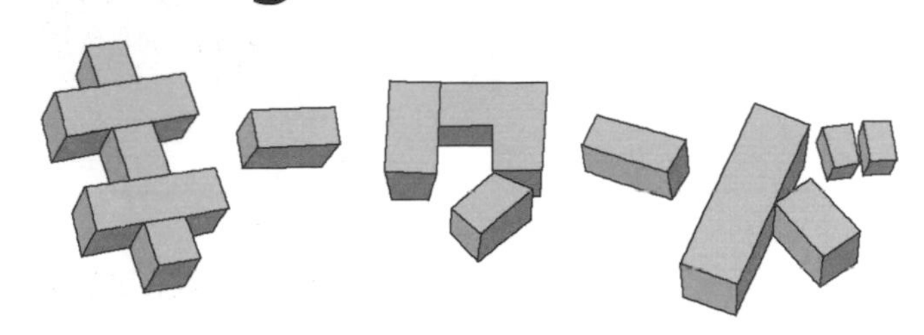

發音口訣

「キ」的發音也是「kì」，亦近似英語音標的「ki」。

聽Rap記字源

♪♪ 幾幾幾變キキキ　幾幾變キキ ♪♪

「キ」是由「幾」字演變而來，幾→幾→キ→キ

小故事輕鬆聯想

木村稻哉讀書時常常記不住單字，乾脆自己發明一種不錯的單字記憶法，他用一些幾何圖形，像長方型、正方型排出 Key（キ）word 這個日文單字並且把它記下來。利用這種方法，不但讓自己更加有印象而且也增加了學習樂趣！用幾何圖像聯想出キ的發音！就算效果因人而異，最起碼「キーワード(Key word)」這個字這次就記住啦。**藉由擺設 Key word來輕鬆聯想（キ）的發音吧！**

筆順步驟

❶ 

❷ 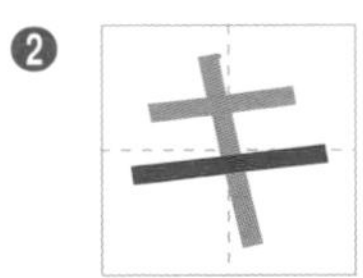

❸ 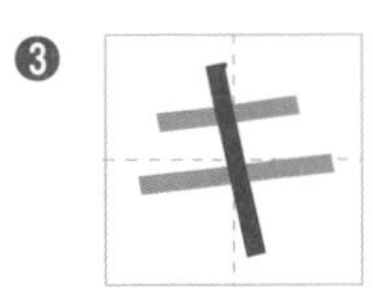

圖像記憶&口訣

久久一次獵山豬 踩到陷阱痛到哭

發音口訣

「く」的發音為「ku」，近似國語的「哭」。

聽Rap記字源

♪♪ 久久久變くくく　久久變くく ♪♪

「く」是由草寫的「久」字演變而來，久→ㄑ→く

小故事輕鬆聯想

從前有兩個獵人，一個住在山的南邊，一個住在山的北邊，因為好久沒看到對方了，心血來潮相約在山的中央獵山豬。可是其中一個卻不小心踩到自己十年前設的陷阱，居然痛到哭（く）了起來！看樣子對環境已慢慢生疏，而且人也變脆弱了。不過，現在是講究環保的時代了，還是要多愛護動物才對！**藉由哭泣的獵人來輕鬆聯想（く）的發音吧！**

筆順步驟

❶

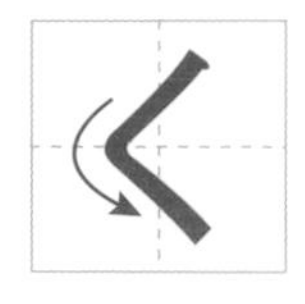

（※請一筆完成，不要分段）

第16課

圖像記憶&口訣

久旱不雨稻田枯
急忙叫人噴水柱

發音口訣

「ク」的發音也是「ku」，亦近似國語的「哭（枯）」。

聽Rap記字源

♫ 久久久變ククク　久久變クク ♫

「ク」是由「久」字演變而來，久→ク

小故事輕鬆聯想

天公不作美，已經超過150天沒下雨了，稻田因為久旱不雨而乾枯（ク）。這時只好趕快找來民間的噴水公司搶救快要枯乾的稻田！不過一輛水車要價5000000日圓，可憐的農夫到底有沒有想清楚啊？！**噴水公司的人倒開心極了！藉由乾枯的稻田來輕鬆聯想（ク）的發音吧！**

筆順步驟

ク ❶ 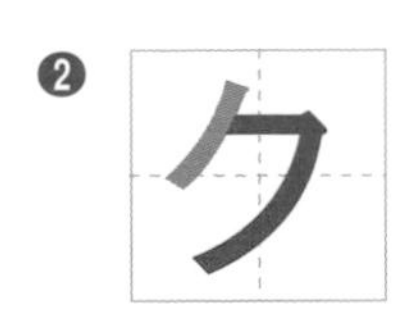 ❷ ク

圖像記憶&口訣

計畫趕不上變化 KTV聚會變卦

發音口訣

「け」的發音為「ke」，近似英語的「K」。

聽Rap記字源

♪♪ 計計計變けけけ　計計變けけ ♪♪

「け」是由草寫的「計」字演變而來，計→計→け

小故事輕鬆聯想

朱木一郎本來跟好友們約好到 K（け）TV 唱歌的，但脾氣火爆的朱木居然臨時跟別人打起架來了，計畫趕不上變化，原本應該有個快樂的 KTV 夜晚，小心今晚可能就要待在警察局過夜囉！年輕朋友們還是專心讀書，少去常常會有打架生事的娛樂場所吧！**藉由錯失掉的 KTV 聚會來輕鬆聯想（け）的發音吧！**

筆順步驟

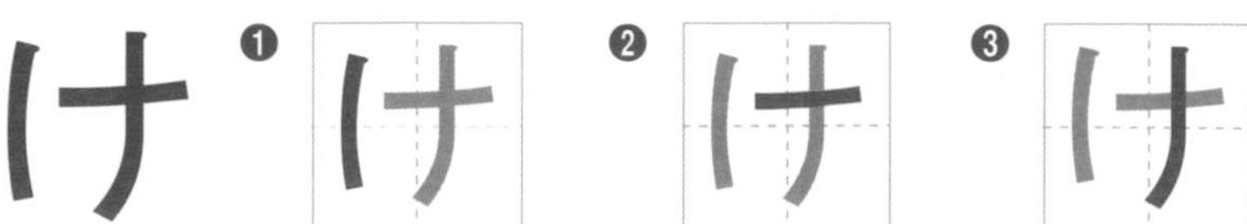

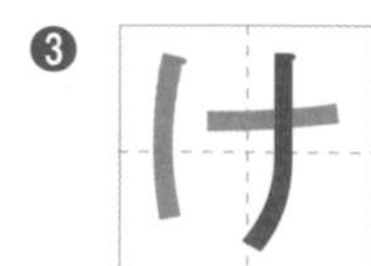

第18課

圖像記憶&口訣

介紹美女給人追 看到馬上就OK

發音口訣

「ケ」的發音
也是「ke」，
亦近似英語的
「K」。

聽Rap記字源

♪♪介介介變ケケケ　介介變ケケ♪♪

「ケ」是由「介」字演變而來，介→亼→ケ→ケ

小故事輕鬆聯想

不管是英雄還是狗熊，都是愛美女的啦！所以要介紹美女給人家追，一定都是無往不利的，看這個男士俊生的眼神就知道了，他看到媒人介紹的美女清子，馬上就表示OK（ケ），不過，也是要看清子點不點頭啦！**藉由男生開心表達出的OK來輕鬆聯想（ケ）的發音吧！**

筆順步驟

ケ ❶ 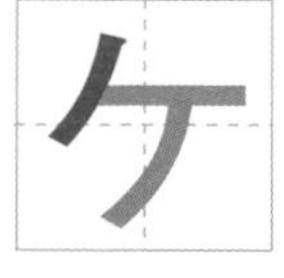 ❷ 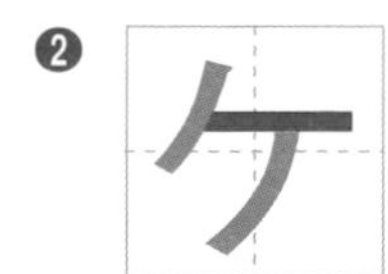 ❸ 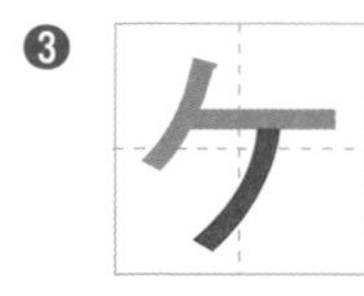

圖像記憶&口訣

己所不欲　勿施於人
香港腳別摳給人

發音口訣

「こ」的發音為「ko」，近似國語的「摳」。

聽Rap記字源

♪♪ 己己己變こここ　己己變ここ ♪♪

「こ」是由草寫的「己」字演變而來，己→己→こ

小故事輕鬆聯想

《論語》裡說：「己所不欲，勿施於人」。即使是在皮膚科看香港腳的時候，別大喇喇的摳（こ）起病變腳皮出示，也要考慮到醫生的感受喔！看看這位病患冬田，突然的就把病變的腳皮拔了一層下來，看得連醫生兩個眼睛都凸出來了。**藉由突然地摳香港腳皮來輕鬆聯想（こ）的發音吧！**

筆順步驟

❶ 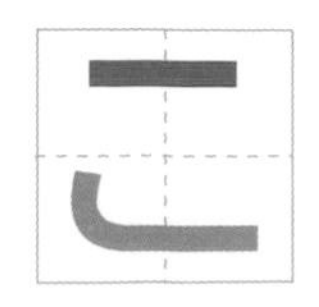

❷ 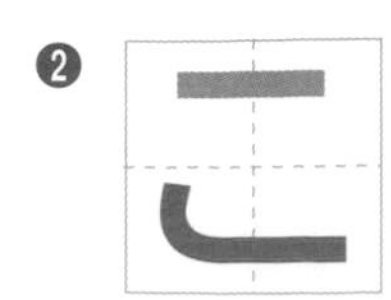

第20課

圖像記憶&口訣

己立立人　己達達人
做好事時Call別人

發音口訣

「コ」的發音也是「ko」，亦近似國語的「摳（英語音標：kɔ）」。

聽Rap記字源

♪♪己己己變コココ　己己變ココ♪♪

「コ」是由「己」字演變而來，己→コ

小故事輕鬆聯想

《論語》裡仍有提到，「己立立人，己達達人」。喜歡做環保的甲藤新一居然在撿垃圾時還撿到鈔票耶！新一趕快拿起行動電話 Call（コ）全班同學一起來，真是做好事就一定有好報啦！不過，事實的真相真的是這樣嗎？就讓大家去猜了！**藉由熱心公益的甲藤新一打電話 CALL 別人來輕鬆聯想（コ）的發音吧！**

筆順步驟

❶ 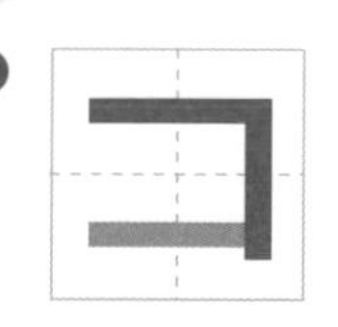

❷ 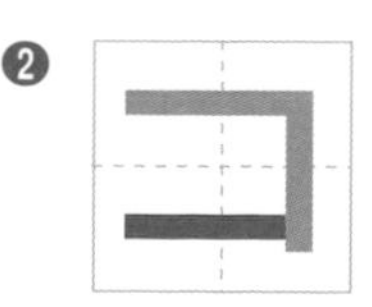

日本豆知識7（日式男女姓名學）

現在網路資訊發達、加上日本人學中國語的熱潮，靠各式各樣的社群網站交日籍朋友並非難事。心怡很高興的交到一位日籍新朋友，對方名叫「**田中步**」。可是，只看到姓名，不知道對方是男是女？這時，怎麼辦呢？

田中步？？男的還是女的呀？

簡單的說，還不知道對方的廬山真面目之前，用名字發音的音節（不含姓氏）便可大致窺出對方的性別。**當發音只有二個音節時，十之八九是位女生錯不了；發音達到四個音節時，幾乎篤定就是個男生了。而發音只有三個音節時，就是比較中性的名字，就需進一步的確認。**例如說：

二個音節：♀**新垣「結衣**（ゆい　YU）」

四個音節：♂**山下「智久**（ともひさ　TO-MO-HI-SA）」

三個音節：♀**有村「架純**（かすみ　KA-SU-MI）」

♂**堺「雅人**（まさと MA-SA-TO）」

三個音節發來音的名字，就不易在第一時間判出男女。昔日由中山美穗主演的知名電影《情書》，便是一齣巧妙利用男女主角同樣名叫「**藤井『樹**（いつき　I-TSU-KI）』」作為題材衍生的愛情故事。不過，即使如此，仍有辨識的小訣竅在。當結尾的音節發音為「み MI」時，女性的比率偏高、為「し SHI」時，則男性不在少數。

另外！日本人的姓名大多都跟漢字緊密相連，所以也可以直接看漢字作出局部判斷，原則上只要是尾字是「**子**」的跑不掉就是女生，Ex. **花子**。相對的，尾字為「**郎**」，多是男性，Ex. **太郎**。

那麼對於日式男女姓名的藝術相信您已經大致了解了吧！下次有機會再接觸到日本人或看讀報章雜誌時，千萬別把人家「女男變錯身」！

螺旋式か、カ練習

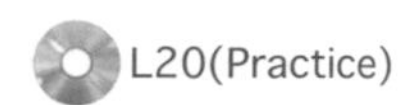

0 かお

臉

1 カー

車

1 き

樹

1 キー

鑰匙

1 くう

吃

2 ウイーク

一週

0 けいかく

計畫

1 ケーキ

蛋糕

1 こい

鯉魚

1 ココア

可可亞

圖像記憶&口訣

想過撒哈拉沙漠 左手邊能租駱駝

發音口訣

「さ」的發音為「sa」，近似國語的「撒」。

聽Rap記字源

♪♪ 左左左變ささ さ　左左變ささ ♪♪

「さ」是由草寫的「左」字演變而來，左→ち→さ

小故事輕鬆聯想

想在撒（さ）哈拉沙漠賺錢討生活容易嗎？這位大叔可是很有生意頭腦的，趁著向已經累翻的旅客推銷左手邊自己養的駱駝，駱駝平時除了可以幫自己載貨、接送小孩上下學外，另外還可以出租賺點外快，還加送礦泉水當作促銷，生意應該不錯吧！**藉由租左手邊駱駝橫越撒哈拉沙漠來輕鬆聯想（さ）的發音吧！**

筆順步驟

❶ 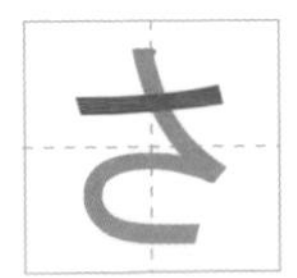
❷ 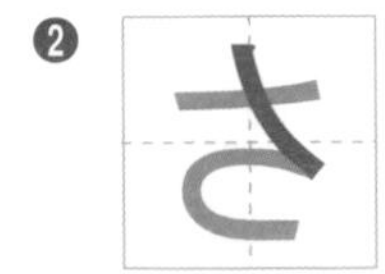
❸ 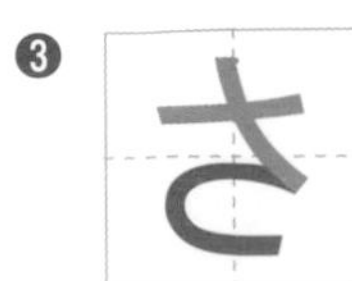

第22課

圖像記憶&口訣

散步走在牧場旁
小狗撒尿欄杆上

發音口訣

「サ」的發音
也是「sa」，
亦近似國語的
「撒」。

聽Rap記字源

♪♪ 散散散變サササ　散散變ササ ♪♪

「サ」是由「散」字演變而來，散→肯→ 卄 →サ

小故事輕鬆聯想

大家都知道沒經過訓練的小狗在外面都會隨地放地雷的啦！地雷當然還有據地為王的意味在！而這隻小狗選在牧場的旁邊，得意洋洋地爬到欄杆上撒（サ）尿，爬這麼高！是在表演還是在示威呀！所以，外面的欄杆四周會有很多地雷，還是少碰為妙！**藉由小狗撒尿來輕鬆聯想（サ）的發音吧！**

筆順步驟

❶ 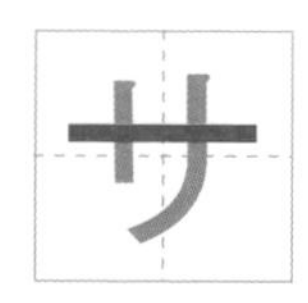

❷ 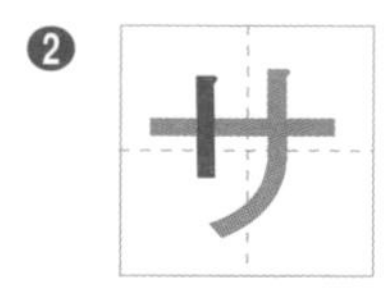

❸ 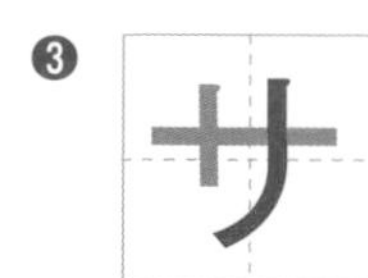

圖像記憶＆口訣

之乎者也孔夫子 坐在溪邊教孩子

發音口訣

「し」的發音為「shi」，近似國語的「溪」。

聽Rap記字源

♪之之之變しし し 之之變しし ♪

「し」是由草寫的「之」字演變而來，之→⺀→し

小故事輕鬆聯想

孔老夫子的年代，可是不像現代人可以吹著冷氣上班、上課唷，有一年夏天溫度高達40度，孔老夫子乾脆把教室移到溪（し）邊，其實坐在溪邊教孩子，不但自己涼快，孩子也能學得更開心，孔夫子果然聰明，只是這幾位弟子的年紀太小了一點，孔老夫子真的要因材施教囉。**藉由孔夫子坐在溪邊教學生來輕鬆聯想（し）的發音吧！**

筆順步驟

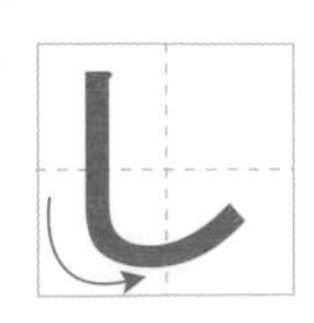

（※請一筆完成，不要分段）

圖像記憶&口訣

之乎者也孔夫子 邊吃西瓜邊吐子

發音口訣

「シ」的發音也是「shi」，亦近似國語的「溪（西）」。

聽Rap記字源

♪♪之之之變シシシ　之之變シシ♪♪

「シ」是由「之」字演變而來，之→之→シ

小故事輕鬆聯想

夏天最暢快的就是邊吹冷氣邊吃又甜又解渴的西（シ）瓜了，原來我們的至聖先師也喜歡夏天時大口大口的啃西瓜呢！孔老夫子周遊列國，來到西瓜的產地時，很開心的大快朵頤一番！如果不想吐子的話也可以吃台灣的「無子西瓜」喔！**藉由孔夫子吃西瓜來輕鬆聯想（シ）的發音吧！**

筆順步驟

❶ 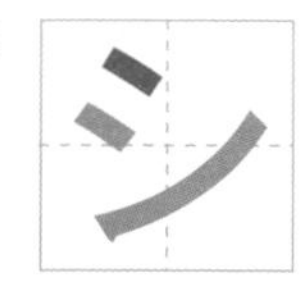

❷ 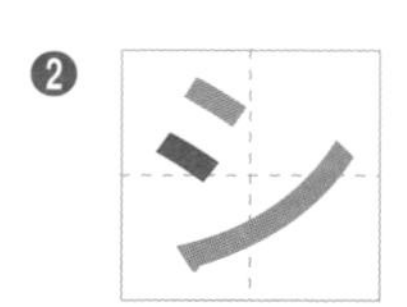

❸ 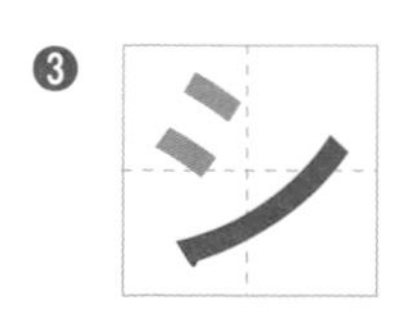

第95課

圖像記憶&口訣

寸金難買寸光陰 唸書思考要用心

發音口訣

「す」的發音為「su」，近似國語的「思」。

聽Rap記字源

♪♪ 寸寸寸變すすす　寸寸變すす ♪♪

「す」是由草寫的「寸」字演變而來，寸→す→す

小故事輕鬆聯想

老天爺最公平的地方就是給大家一天的時間都是24小時，而時間是全世界的首富也買不到的東西，所以說「寸金難買寸光陰」！大家應該要珍惜記憶力最好的年輕時光，這時候讀書的效果是最好的，唸書思（す）考要用心，肯定能把書讀好！**藉由唸書思考專心一致的學生來輕鬆聯想（す）的發音吧！**

筆順步驟

す ❶  ❷ す

第26課

圖像記憶&口訣

路考須知唸清楚
上路絲毫不含糊

發音口訣

「ス」的發音也是「su」，亦近似國語的「思（絲）」。

聽Rap記字源

♪♪ 須須須變ススス　須須變スス ♪♪

「ス」是由「須」字演變而來，須→頁→亠八→ス

小故事輕鬆聯想

鈴木一郎是個人見人誇的年輕人，雖然一邊準備考研究所，一邊還要準備考駕照，為了一次就考上，所以把交通規則跟路考須知都背得滾瓜爛熟絲（ス）毫不漏，果然頻頻獲得主考官的讚賞，這次考照也一定可以順利通過了。**藉由鈴木一郎絲毫不含糊地考照來輕鬆聯想（ス）的發音吧！**

筆順步驟

❶ 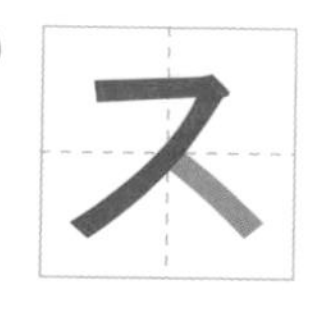

❷ 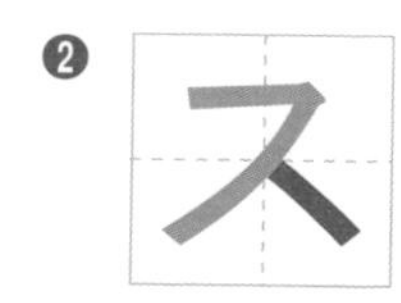

第27課

圖像記憶&口訣

世上只有媽媽好 用心Say Love不嫌少

發音口訣

「せ」的發音為「se」，近似英語音標的「se」。

聽Rap記字源

♪♪世世世變せせせ　世世變せせ♪♪

「せ」是由草寫的「世」字演變而來，世→𠀍→せ

小故事輕鬆聯想

大家都知道媽媽的懷抱是最溫柔的吧！酒井愛子小姐兩個月前生了一個寶寶，心思都擺在小朋友身上，每天都對著寶寶說：「Say（せ） Love 給媽媽聽…」，坐在一旁的老公良一笑著愛子的純真，因為小朋友也不過才兩個月大而已。這樣的畫面很溫馨吧！**藉由愛子 Say Love 的話語來輕鬆聯想（せ）的發音吧！**

筆順步驟

❶ 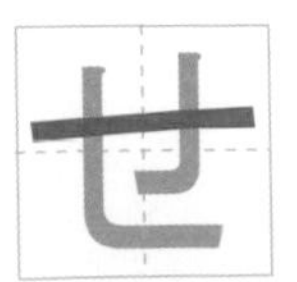

❷ 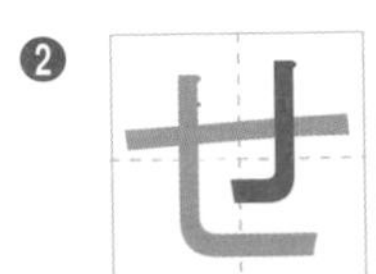

❸ 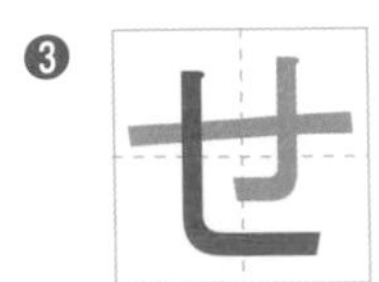

第28課

圖像記憶＆口訣

世界足球錦標賽
人人Say Good真精采

發音口訣

「セ」的發音也是「se」，亦近似英語音標的「se」。

聽Rap記字源

♪♪世世世變セセセ　世世變セセ♪♪

「セ」是由「世」字演變而來，世→ 乜 →セ

小故事輕鬆聯想

世界盃這項運動盛事，不管自己的國家有沒有參與，世界各地的球迷們也都會共襄盛舉。傑夫、比爾、萊斯、克拉克四個好友一起上運動BAR去看這場國際性的比賽，替自己的國家代表隊加油。看著自己的國家氣勢如虹的樣子，四個人高興的不停 Say（セ） Good 的呢！。**藉由四人 Say Good 的話語來輕鬆聯想（セ）的發音吧！**

筆順步驟

❶ 

❷ 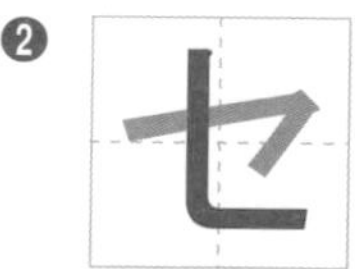

第29課

圖像記憶＆口訣

曾祖父蒐集古董 奇珍異寶千百種

「そ」的發音為「so」，近似國語的「蒐」。

聽Rap記字源

♪♪ 曾曾曾變そそそ　曾曾變そそ ♪♪

「そ」是由草寫的「曾」字演變而來，曾→𛀜→そ

小故事輕鬆聯想

考古學家古戴仁先生說，根據古家的家族記載，他的曾祖父是一位偉大的古董蒐（そ）藏家，擁有一座不小的寶庫，收藏天下無數的奇珍異寶。本人更號稱為「陶瓷鍾鼎　無不鑑定」，古董大師的稱號可謂遠近馳名。但是根據當年曾祖母的文書記載似乎與事實有點出入。**藉由曾祖父蒐集古董來輕鬆聯想（そ）的發音吧！**

筆順步驟

そ ❶  （※請一筆完成，不要分段）

圖像記憶&口訣

曾祖母蒐集藥草
學神農氏嚐百草

發音口訣

「ソ」的發音
也是「so」，
亦近似國語的
「蒐」。

聽Rap記字源

♪♪ 曾曾曾變ソソソ　曾曾變ソソ ♪♪

「ソ」是由「曾」字演變而來，曾→ ヽノ →ソ

小故事輕鬆聯想

根據古家的家族記載，古戴仁先生又說道，他的曾祖母是一位知名的藥草蒐（そ）藏家，擁有一座不小的煉藥房，仿效神農氏嚐遍百草。被人們譽為「神農再世　百草濟世」，懸壺濟世的美名人盡皆知。但是根據當年曾祖父的文書記載，似乎並不是這麼一回事。**藉由曾祖母蒐集藥草來輕鬆聯想（ソ）的發音吧！**

筆順步驟

❶ 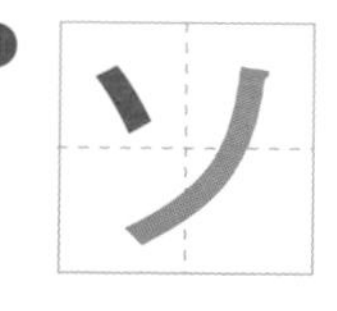

❷ 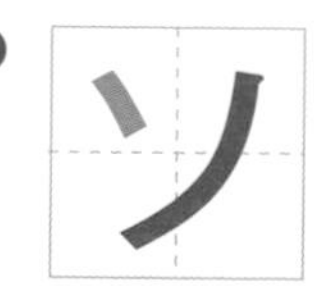

日本豆知識7（日本和服之美）

「咻～」的一聲，飛機抵達成田機場。心怡到了遊學的目的地－東京，見到了穿著和服前來接機的小步。「哇！～好美」，在兩人自我介紹之餘，小步跟心怡介紹了日本和服之美。

振袖（ふりそで）

有兩片長長的衣袖，為戀愛的象徵，未婚女性所穿。

色留袖（いろとめそで）

無長衣袖，有穩重感。為已婚女性所穿。全黑色時稱為「留袖（とめそで）」。

色無地（いろむじ）

特色為單色無花紋，極普遍又不失禮的和服。

羽織（はおり）

單件披在和服外面，像和服的外套。

浴衣（ゆかた）

原如其名，為室內的輕便衣服。現於參加祭典及花火大會時極為常見。

卒業式袴（そつぎょうしきはかま）

女孩子於畢業典禮時穿的傳統服飾。

羽織袴（はおりはかま）

為男性不可或缺的正式服飾。

白無垢（しろむく）

純白的新娘嫁衣，並藉純白可以染色的道理，象徵日後還有許多成長的空間。

棉帽子（わたぼうし）

新娘戴在頭上，避免新郎以外的人看見的帽子。

角隠し（つのかくし）

新娘戴在頭上，「角隱」意謂著收起大小姐脾氣，表現出身為人婦的沉穩。

哇！好美的
和服喔..

螺旋式さ、サ練習

1 さか
斜坡

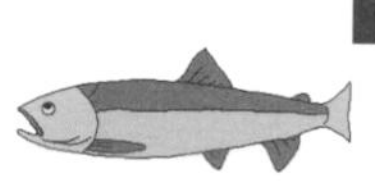

1 サケ
鮭魚

1 しし
獅子

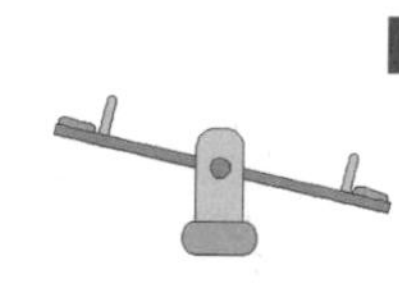

1 シーソー
蹺蹺板

2 すき
喜歡

2 スカイ
天空

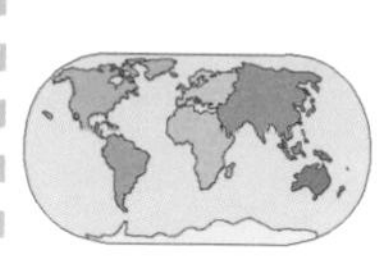

1 せかい
世界

1 セクシー
性感

0 そこ
那邊

1 ソース
醬汁

圖像記憶&口訣

太乙真人救哪吒
李靖氣說別救他

發音口訣

「た」的發音為「ta」，近似國語的「他」。

聽Rap記字源

♪♪ 太太太變たたた　太太變たた ♪♪

「た」是由草寫的「太」字演變而來，太→太→た

小故事輕鬆聯想

《封神榜》的神話故事裡，哪吒大鬧龍宮，打死海龍王的兒子、抽龍筋闖下了滔天大禍，所以被海龍王逼到自盡。後來太乙真人要施救哪吒，哪吒的老爸李靖這時候卻氣呼呼地脫稿演出跟太乙真人說：「真人，這死孩子，別救他（た）啦」。**藉由李靖那句「別救他」來輕鬆聯想（た）的發音吧！**

筆順步驟

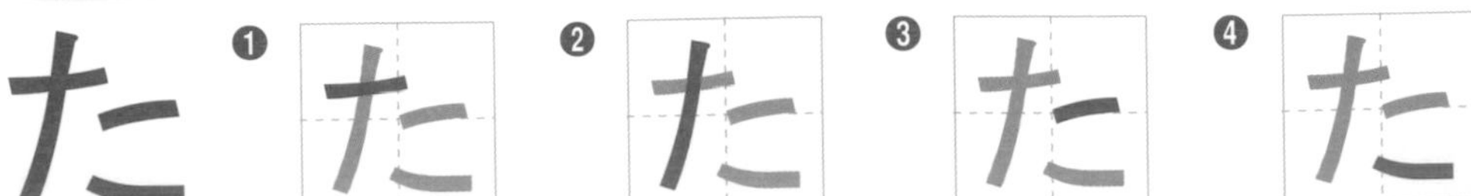
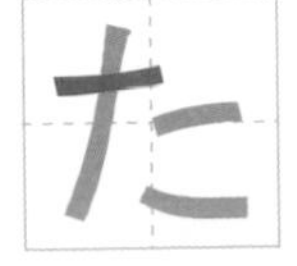
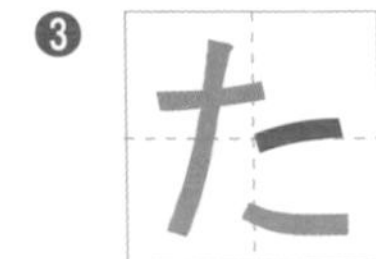

第32課

圖像記憶&口訣

多重人格真可怕 小心不要惹到他

發音口訣

「ㄊ」的發音也是「ta」，亦近似國語的「他」。

聽Rap記字源

♫ 多多多變ㄊㄊㄊ　多多變ㄊㄊ ♫

「ㄊ」是由「多」字演變而來，多→ㄊ

小故事輕鬆聯想

阿兩先生天生多重人格，他會一下子很兇暴、一下子又謙和有禮。今天他出外逛街，小華撞到了他，於是他氣得拿棍子要打小華。但另一面，又裝模作樣的討好小明，但是上次已經吃到苦頭的小菜趕緊告訴小明：「千萬不要去招惹到他（ㄊ）喔」！**藉由別招惹到他來輕鬆聯想（ㄊ）的發音吧！**

筆順步驟

ㄊ ❶ ㄊ ❷ ㄊ ❸

圖像記憶&口訣

知人知面不知心
好友來電要詐欺

發音口訣

「ち」的發音為「chī」，近似國語的「欺」。

聽Rap記字源

♪♪ 知知知變ちちち　知知變ちち ♪♪

「ち」是由草寫的「知」字演變而來，知→ち→ち→ち

小故事輕鬆聯想

巫老實上DISCO跳舞，錢不夠了！所以要找朋友借錢，但他知道自己的前科記錄朋友不會輕易借他，所以他決定編理由詐欺（ち）自己的朋友，他鎖定了富家女郝善良，打電話給她，藉假車禍的理由要借錢，不過郝善良終究不是好騙的。**藉由詐欺來輕鬆聯想（ち）的發音吧！**

筆順步驟

ち ❶ 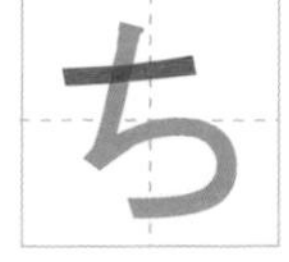 ❷ 

チ [chi]

第34課

圖像記憶&口訣

千里姻緣一線牽
抱得嬌妻過好年

發音口訣

「チ」的發音也是「chi」，亦近似國語的「欺（妻）」。

聽Rap記字源

♪♪千千千變チチチ　千千變チチ♪♪

「チ」是由「千」字演變而來，千→チ

小故事輕鬆聯想

來自非洲的 MR. COFFEE 及來自台灣的巫瓏茶小姐，在經過一段轟轟烈烈的異國愛情長跑後，終於決定在年底步入禮堂，雙雙對對、百年富貴。在這裡！讓我們恭賀 MR. COFFEE 抱得嬌妻（チ）巫瓏茶小姐，歡喜過新年吧！**藉由千里姻緣抱嬌妻來輕鬆聯想（チ）的發音吧！**

筆順步驟

チ

❶ 

❷ チ

❸ 

第35課

圖像記憶&口訣

川邊垂釣勾到鱉
瑕疵釣竿斷兩截

「つ」的發音為「tsu」，近似國語的「疵」。

聽Rap記字源

♪♪川川川變つつつ　川川變つつ♪♪

「つ」是由草寫的「川」字演變而來，川→ 川 → ⺍ →つ

小故事輕鬆聯想

川邊不釣郎有一天心血來潮買了一支大特價的釣竿垂釣，沒想到釣竿勾到了一隻鱉後，居然被鱉輕輕鬆鬆地就拉斷了。只看鱉露出水面來恥笑不釣郎買到瑕疵（つ）品，連旁邊的魚都游上來做鬼臉。不釣郎今天真是倒霉透了。**藉由被拉斷的瑕疵釣竿來輕鬆聯想（つ）的發音吧！**

筆順步驟

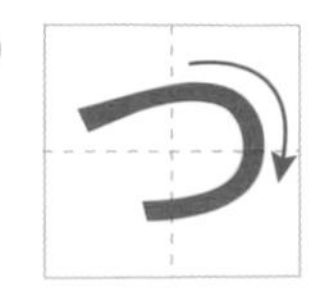

（※請一筆完成，不要分段）

圖像記憶＆口訣

川味火鍋調味料
辣味參差不太好

發音口訣

「ツ」的發音也是「tsu」，亦近似國語的「疵（差）」。

聽Rap記字源

♫ 川川川變ツツツ　川川變ツツ ♫

「ツ」是由「川」字演變而來，川→川→ツ

小故事輕鬆聯想

四個好友相約到一家川味火鍋店去吃飯，但調味料的辣味卻品質參差（ツ）不一，有的人挖到了千年老辣椒提煉的辣醬，有的人挖到的辣醬卻一點都不辣。所以有人吃到差點要噴火，有人卻完全沒有感覺。好像在玩機率遊戲一樣，看來這家店的火鍋還真是讓人難以捉摸呢！**藉由參差不一的調味料來輕鬆聯想（ツ）的發音吧！**

筆順步驟

❶ 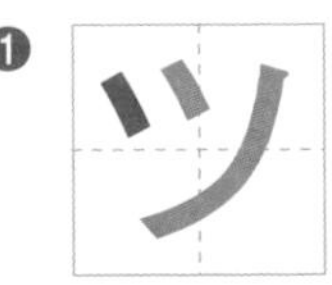

❷ 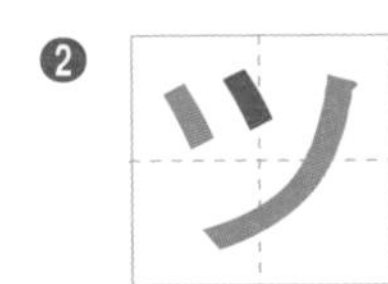

❸ 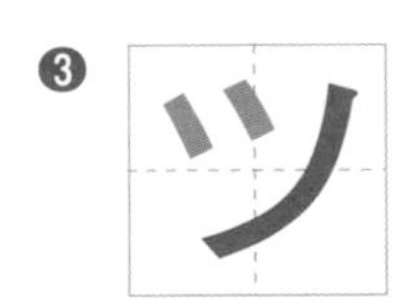

圖像記憶&口訣

天竺取經千萬里
搭Taxi去較實際

「て」的發音為「te」，近似英語音標的「tɛ」。

聽Rap記字源

♪♪ 天天天變ててて　天天變てて ♪♪

「て」是由草寫的「天」字演變而來，天→て→て

小故事輕鬆聯想

這裡有個《西遊記》故事裡漏網的小插曲，唐僧一行人到天竺取經，但路途真的太遠了！連白龍都累垮了，沒辦法！唐三藏只好攔 Ta（て）xi 到天竺去，這樣也實際多了。Taxi 來了，但是連白龍只能限乘四人，怎麼辦呢？於是孫悟空就決定坐觔斗雲先走，順便把擋在前面的妖怪打一打。**藉由唐僧招 Taxi 來輕鬆聯想（て）的發音吧！**

筆順步驟

（※請一筆完成，不要分段）

圖像記憶＆口訣

天涯何處無芳草
Table上有美女照

發音口訣

「テ」的發音也是「te」，亦近似英語音標的「tε」。

聽Rap記字源

♪♪ 天天天變テテテ　天天變テテ ♪♪

「テ」是由「天」字演變而來，天→ チ→テ→テ

小故事輕鬆聯想

白目太郎因為被女朋友認為不夠積極甩掉了。正當太郎傷心的搞起自閉時，傳說中無敵必殺的台式媒婆－阿嬌姨出現了！她告訴太郎，有許多美女照片在 Ta（テ）ble 上！因為溝通不良，阿嬌姨不停地跟太郎說：「Table、Table…」！究竟阿嬌姨的美女照攻勢能不能振奮太郎呢！？**藉由 Table 上的照片來輕鬆聯想（テ）的發音吧！**

筆順步驟

❶ 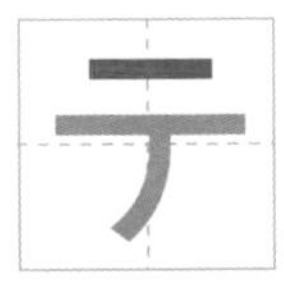
❷ 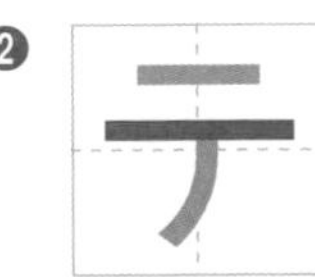
❸ 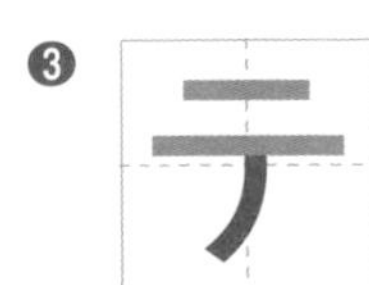

第39課

圖像記憶&口訣

止咳化痰特效藥 但是好苦偷吐掉

「と」的發音為「to」，近似國語的「偷」。

聽Rap記字源

♪♪ 止止止變ととと　止止變とと ♪♪

「と」是由草寫的「止」字演變而來，止→止→と→と

小故事輕鬆聯想

「咳咳咳…！」小俊又咳嗽了，他一直都最怕喝苦藥，偏偏他有一個偏好中藥的媽媽奈美。奈美這次又不知道到哪去弄了一些奇奇怪怪的藥方回來，千年的爛樹皮喔！小俊不得已喝了一口後就偷（と）吐出去，想不到還看到死蟲的屍體在吐出來的藥水裡，「媽咪呀！能不能不要再喝啦」！**藉由小俊偷吐藥來輕鬆聯想（と）的發音吧！**

筆順步驟

❶ 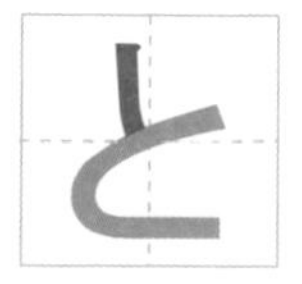

❷ 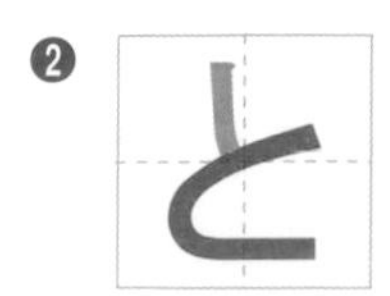

第40課

圖像記憶＆口訣

止血帶全部失蹤 變態小偷現形蹤

發音口訣

「ト」的發音
也是「to」，
亦近似國語的
「偷」。

聽Rap記字源

♪♪ 止止止變トトト　止止變トト ♪♪

「ト」是由「止」字演變而來，止→ 上 →ト

小故事輕鬆聯想

書法大師源二休有另外一個不為人知的身分，但在今晚原形畢露，最近附近的醫院都發生了醫藥品失竊的事件，而且都是只有止血帶不見而已。今天這個變態小偷（ト）被人發現了，原來他就是源二休大師，聽說他偷止血帶的原因是，他要在止血帶上練極小楷的字！**藉由盜竊止血帶的變態小偷來輕鬆聯想（ト）的發音吧！**

筆順步驟

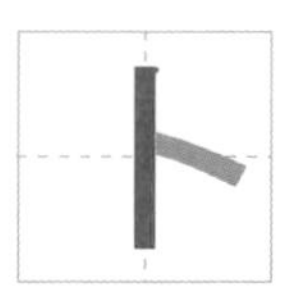

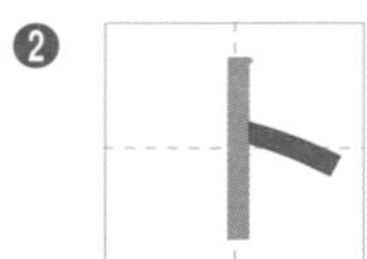

日本豆知識4 （日本男女節日）

五月了，心怡跟小步走在街上，看著四處飄揚著鯉魚旗，於是問小步那是幹什麼的？於是小步就跟她介紹了一些跟男女相關的節日。

3月3日

雛祭り（ひなまつり）女兒節

育有女兒的日本家庭，會在當天擺出一個祭壇，旨在祈求女兒未來幸福、健康。祭壇呈階梯狀，約五階，從上而下擺設人偶。最高階是天皇及皇后、第二階是三位女官、第三階是五人樂隊、第四階是左大臣及右大臣、第　五階則是三名雜役。節慶內還有進行「流し雛(ながしひな)」的儀式，將紙人或人偶在女兒的身上擦拭，然後放入河中流走，旨在將身上不潔之物全部帶走的一種消災解厄的儀式。

5月5日　こどもの日（こどものひ）男兒節

也是日本的端午節，日本人會在當天懸掛鯉魚旗，在家裡擺設艾草做的草人，門前等處懸掛菖蒲、艾草，及泡菖蒲澡。上述各項習俗的用意，都是為了消災解厄。而掛上鯉魚旗的原因，則可追溯中國「鯉魚躍龍門」的典故，比喻家裡的男孩將來能夠有出息，飛黃騰達之意。

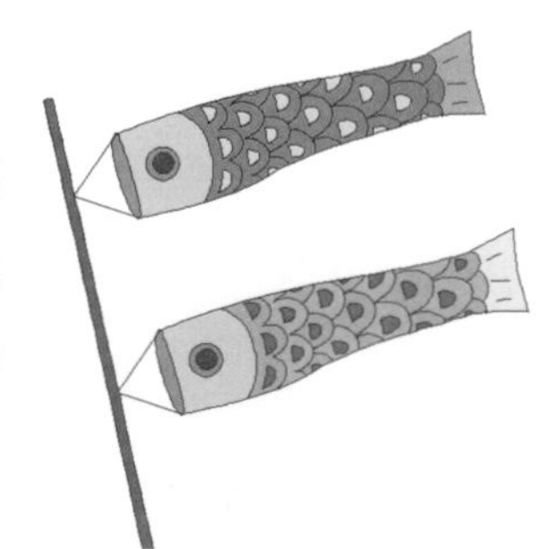

4月4日　オカマの日（おかまのひ）同性戀日

男兒節跟女兒節都有了。為了近年受到重視的同性戀者。於是折衷在4月4日設定了一個同性戀日。

螺旋式た、タ練習

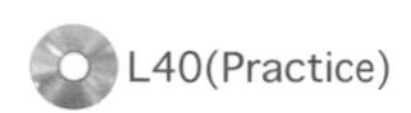

0 たか
老鷹

1 タイ
泰國

1 ちち
父親

1 コーチ
教練

2 つか
墳墓

1 ツアー
旅行

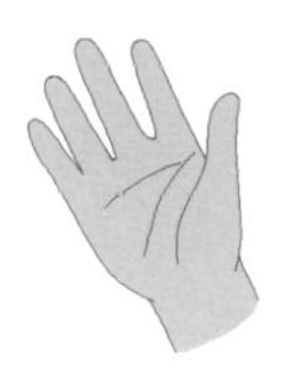

1 て
手

2 テキスト
講義

1 とし
都市

1 トースター
烤麵包機

圖像記憶&口訣

奈及利亞有外星人 送到NASA炒新聞

發音口訣

「な」的發音為「na」，近似英語音標的「na」。

聽Rap記字源

♪♪ 奈奈奈變ななな　奈奈變なな ♪♪

「な」是由草寫的「奈」字演變而來，奈→奈→な

小故事輕鬆聯想

蟲蟲星球派了考察員菲力浦來觀察地球的情況。他選在西非的奈及利亞降落，不過這菲力浦神經有點大條，下飛船時一個沒踩好就摔了一跤昏了過去！奈及利亞的國民看見了覺得很有趣，於是就把他用自己的國旗包一包，送到NA（な）SA變成大新聞了！**藉由外星人被送到NASA來輕鬆聯想（な）的發音吧！**

筆順步驟

な ❶な ❷な ❸な ❹な

第42課

圖像記憶&口訣

奈及利亞的外星人 逃出NASA不見人

發音口訣

「ナ」的發音也是「na」，亦近似英語音標的「na」。

聽Rap記字源

♪♪奈奈奈變ナナナ　奈奈變ナナ♪♪

「ナ」是由「奈」字演變而來，奈→ 大 →ナ

小故事輕鬆聯想

蟲蟲星球發現了菲力浦失聯，於是漏夜搜尋菲力浦的下落。後來在NA（な）SA找到，於是母星打開蟲洞，幫助菲力浦逃了出來！所以就新聞大幅報導外星人失蹤的消息。不過菲力浦蠻喜歡這件國旗裝的，仍穿著它繼續在人類的城市中進行考察工作，但他沒意識到自己十分顯眼。**藉由逃出NASA的外星人來輕鬆聯想（ナ）的發音吧！**

筆順步驟

❶ 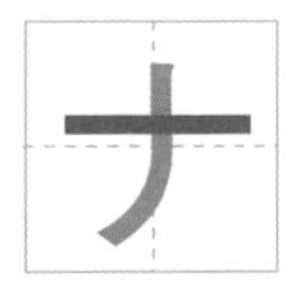
❷ 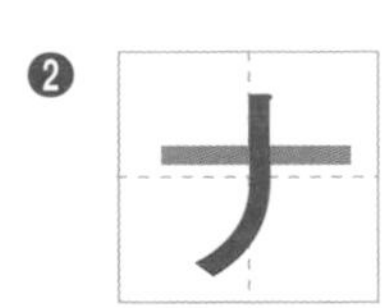

圖像記憶＆口訣

仁德之君劉玄德 Nickname叫「大耳兒」

發音口訣

「に」的發音為「ni」，近似英語音標的「nɪ」。

聽Rap記字源

♪♪仁仁仁變ににに　仁仁變にに♪♪

「に」是由草寫的「仁」字演變而來，仁→**に**→に

小故事輕鬆聯想

三國演義裡記載，劉備（字玄德）天生手長過膝，耳朵極大，所以人家都給了他一個Ni（に）ckname（小名）叫「大耳兒」。三顧茅廬那天，他帶著關羽、張飛去請孔明先生出山，只可惜，遇到孔明先生不在家！不過沒關係，他天生手長耳大，那天還特別戴了一副時尚的墨鏡，肯定讓人印象深刻！**藉由劉備的 Nickname 來輕鬆聯想（に）的發音吧！**

筆順步驟

❶ 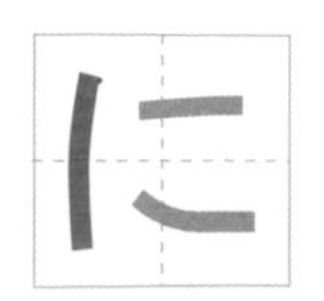

❷ 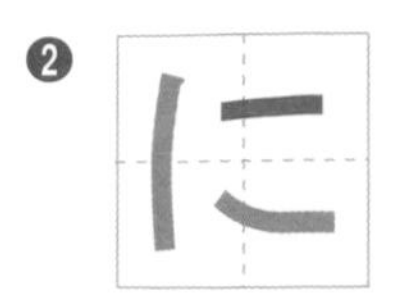

❸ 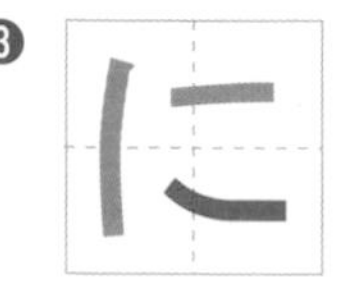

第44課

圖像記憶&口訣

二八年華像朵花
Nicole美眉人人誇

發音口訣

「に」的發音也是「ni」，亦近似英語音標的「nɪ」。

聽Rap記字源

♪♪ 二二二變ににに　二二變にに ♪♪

「に」是由「二」字演變而來，二→に

小故事輕鬆聯想

Ni（に）cole 妮可美眉天生麗質，讓周圍的所有男生通通拜倒在她的石榴裙下。從這位二八年華漂亮得像花朵的 Nicole 美眉來聯想，似乎叫 Nicole 的女生都很漂亮，像是澳洲女星妮可基曼，天生就是個漂亮美眉！**藉由Nicole來輕鬆聯想（に）的發音吧！**

筆順步驟

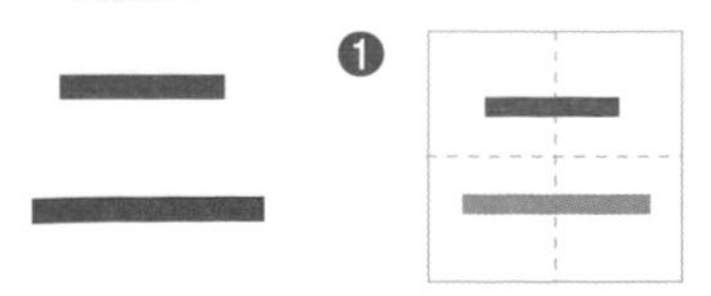

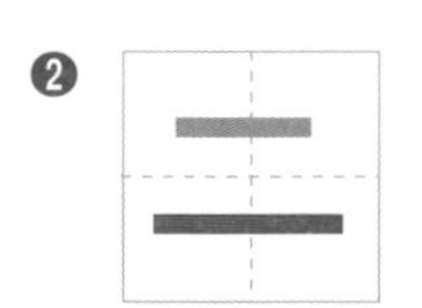

圖像記憶＆口訣

奴隸日子很難過 每天吃不到Noodle

「ぬ」的發音為「nu」，近似英語音標的「nu」。

聽Rap記字源

♪♪ 奴奴奴變ぬぬぬ　奴奴變ぬぬ ♪♪

「ぬ」是由草寫的「奴」字演變而來，奴→ 奴 →ぬ

小故事輕鬆聯想

「主人，給人家吃 Noo（ぬ）dle 啦！」女黑奴阿妮一直跟主人請求，就算她使用很嗲的聲音拜託，一直都沒有成功。阿妮就是很愛 Noodle。在南北戰爭之前，阿妮的日子很難過，每天都吃不到 Noodle。於是阿妮每次都無奈的看著主人吃 Noodle，祈禱有機會吃到的那一天。**藉由奴隸吃不到 Noodle 來輕鬆聯想（ぬ）的發音吧！**

筆順步驟

❶

❷

第46課

圖像記憶&口訣

奴隸解放戰爭後 終於可以吃Noodle

發音口訣

「ヌ」的發音也是「nu」，亦近似英語音標的「nu」。

聽Rap記字源

♪♪奴奴奴變ヌヌヌ　奴奴變ヌヌ♪♪

「ヌ」是由「奴」字演變而來，奴→ヌ

小故事輕鬆聯想

女黑奴阿妮終於走出吃不到 Noo（ヌ）dle 的日子了。南北戰爭結束，主張解放黑奴的北軍贏了，阿妮不再是奴隸了，可以自己賺錢去吃 Noodle 了，不過在那之前有個更好的消息，北軍說要慶功宴，免費吃 Noodle 喔！阿妮跟阿珠、阿花兩個好友，聽了就馬去上排隊等著吃 Noodle！**藉由奴隸解放後排隊吃 Noodle 來輕鬆聯想（ヌ）的發音吧！**

筆順步驟

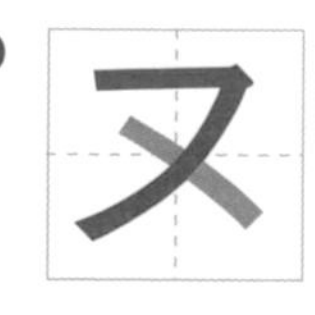

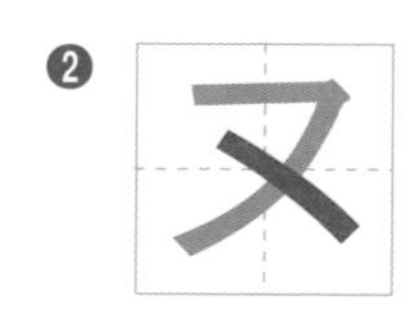

圖像記憶&口訣

祢是仁慈的天父 請祢保佑My nephew

發音口訣

「ね」的發音為「ne」，近似英語音標的「nɛ」。

聽Rap記字源

♫ 祢祢祢變ねねね　祢祢變ねね ♫

「ね」是由草寫的「祢」字演變而來，祢→祢→ね

小故事輕鬆聯想

天草十八郎的 Ne（ね）phew 去登山攻頂，結果突然遇到颱風的來襲，且搜救工作困難。所以十八郎跪在主耶穌的面前，祈求他的 Nephew 渡過難關。無論有沒有信教，相信有很多人跟十八郎一樣，有為了親人、朋友而作出真摯祈禱的經驗吧！一起來祈禱十八郎的 Nephew 能平安歸來吧！**藉由替 Nephew 祈禱來輕鬆聯想（ね）的發音吧！**

筆順步驟

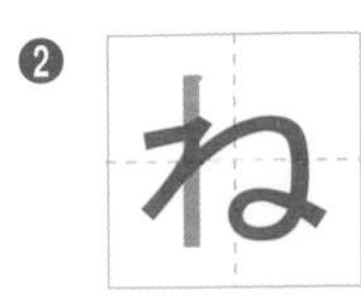

第48課

圖像記憶&口訣

祢要更多人快樂 Internet傳喜樂

發音口訣

「ネ」的發音也是「ne」，亦近似英語音標的「nɛ」。

聽Rap記字源

♪♪ 祢祢祢變ネネネ　祢祢變ネネ ♪♪

「ネ」是由「祢」字演變而來，祢→ネ

小故事輕鬆聯想

神父尼嘛豆為傳教奉獻一生，最近幾年學會了一項新的佈道方式。因為新的佈道方法，尼嘛豆神父的工作這下輕鬆多了，科技真的還是不錯的喔！使用 Interne（ネ）t，一個「Enter」鍵，一隻手指就能把上帝的意思、喜樂都傳遍全世界。連上帝都很開心的喔！**藉由 Internet 來輕鬆聯想（ネ）的發音吧！**

筆順步驟

❶ 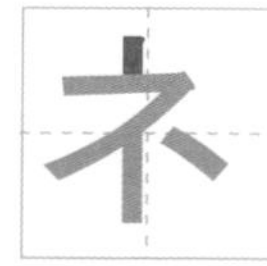

❷ 

❸ 

❹ 

第49課

圖像記憶＆口訣

母親節送康乃馨 No money但有真心

發音口訣

「の」的發音為「no」，近似英語音標的「no」。

聽Rap記字源

♪♪乃乃乃變ののの　乃乃變のの♪♪

「の」是由草寫的「乃」字演變而來，乃→乃→の

小故事輕鬆聯想

已經懂事的小瑛，她想在母親節這天送媽媽一朵康乃馨。雖然一朵花不貴，但No（の）money的小瑛還是買不起，後來遇到了一個好心的花店老闆，給了她一朵。當天晚上，她帶著康乃馨回家，送給媽媽！媽媽收下後，非常感動，相信任誰都會很感動吧！**藉由替No money但孝順的小瑛來輕鬆聯想（の）的發音吧！**

筆順步驟

❶

（※請一筆完成，不要分段）

第50課

圖像記憶&口訣

勝敗乃兵家常事 下次記得Notice

發音口訣

「ノ」的發音也是「no」，亦近似英語音標的「no」。

聽Rap記字源

♫乃乃乃變ノノノ　乃乃變ノノ♫

「ノ」是由「乃」字演變而來，乃→ノ

小故事輕鬆聯想

《三國演義》裡，蜀魏在漢中打仗，有一次，曹操的虎將許褚因為酒醉被張飛打得大敗。許褚狼狽地逃回曹操身邊告罪，不過這個戴墨鏡的曹操好像喝過洋墨水，很開通的告訴許褚說：「勝敗乃兵家常事，下次記得 No（ノ）tice 就好啦！」，再接再勵吧！**藉由曹操勉勵許褚下次 Notice 的話來輕鬆聯想（ノ）的發音吧！**

筆順步驟

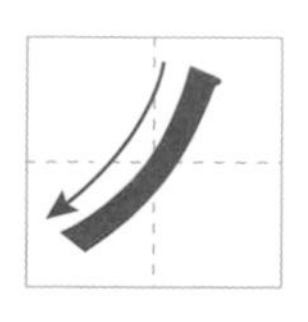

（※請一筆完成，不要分段）

日本豆知識5（日式美味料理）

到日本前，看著日本的美食節目，裡面的來賓總是「おいしい（好吃！）」的叫個不停。想到這裡心怡也是食指大動，於是小步就帶心怡去品嚐日本料理。小步說，在日本人的飲食文化中，不外乎有下列七個大前提，分別是：

「食材豐富」：日本四季分明，作物栽種及漁牧養殖繁多，故食材種類豐富。
「忠於原味」：生吃。不太使用香辛料，以免肉質本身的鮮味跑掉。
「多用高湯」：多用昆布及柴魚熬製高湯。
「當令食材」：著重當令食材搭配。
「保存食多」：有著許多種保存期長的食物。
「裝飾美麗」：重視料理的外貌，下功夫展現出料理的美感、季節感。
「注重養生」：以米飯為主食，適量的進食湯汁、魚、肉、蔬菜，脂質攝取的少，百姓的平均壽命自然延長。

【納豆】納豆　なっとう
用大豆發酵的食品，整個呈牽絲狀。

【壽司】寿司　すし
種類繁多，以米為主食材，常見的配料有海鮮、蔬果等等。

【味噌湯】味噌汁　みそしる
用水煮昆布，放入柴魚片後，加入味噌、時蔬的湯頭。

【御飯團】おにぎり
用海苔包裹米飯！裡面再加點餡料的飯糰。

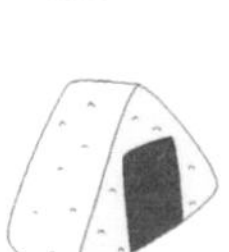

【生魚片】刺身　さしみ
將魚肉生切，沾醬油、芥末（日式辣味調味料，去腥味用）、生薑食用的料理。

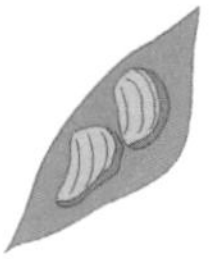

【醬菜】漬物　つけもの
將蔬菜、魚、肉等用鹽、醋、醬油的調味料醃製，遮斷空氣、降低酸鹼值，可以長期保存。

【懷石料理】懐石料理
かいせきりょうり
源於茶道的重要料理，樣式相當精美。

螺旋式な、ナ練習

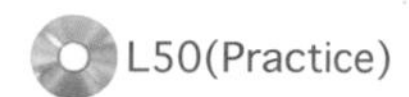

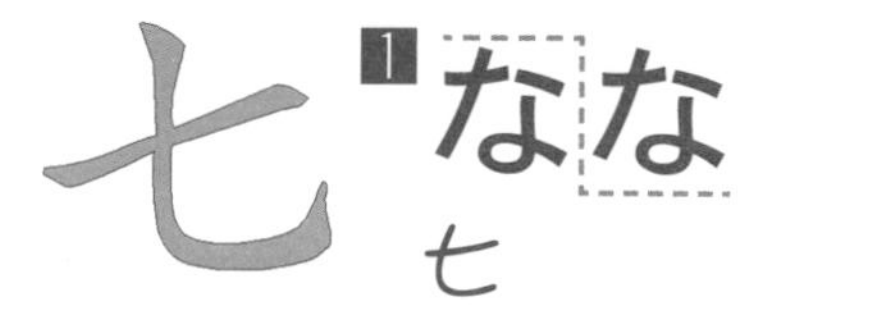

1 なな
七

1 ナイト
騎士

0 にっき
日記

3 ニーソックス
及膝襪

0 ぬすっと
盜賊

1 アイヌ
(日本的原住民)
愛奴族

1 ねこ
貓

1 ネクタイ
領帶

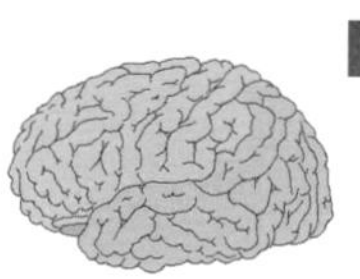

1 のう
腦

1 ノート
筆記本

★較小的「っ」「ッ」是促音，即停頓一拍的意思。

圖像記憶&口訣

波蘿麵包配沙拉 孩子吃了笑哈哈

發音口訣

「は」的發音為「ha」，近似國語的「哈」。

聽Rap記字源

♪♪ 波波波變ははは　波波變はは ♪♪

「は」是由草寫的「波」字演變而來，波→は→は

小故事輕鬆聯想

小孩偏食是很多父母共同的煩惱，要矯正小孩這個不吃、那個不吃的壞習慣，真是傷透腦筋。不妨試試不同的搭配，像這位小朋友小明既能吃到最喜歡的波蘿麵包，又能吃到兼顧健康的沙拉，開心得笑哈（は）哈呢！**藉由孩子笑哈哈的表情來輕鬆聯想（は）的發音吧！**

筆順步驟

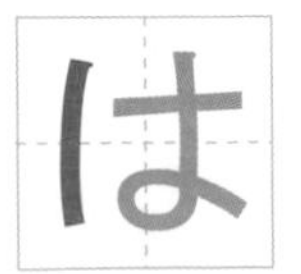
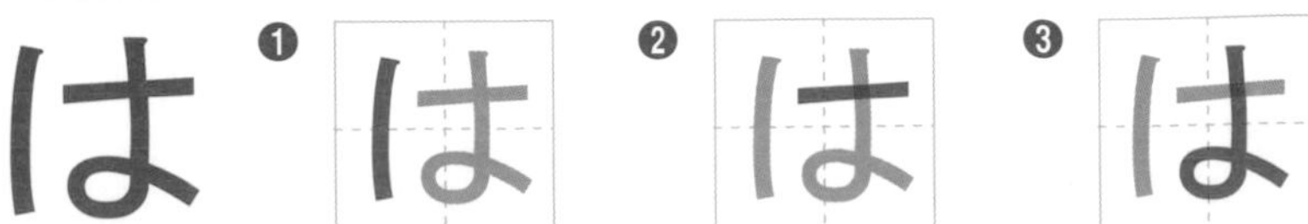

第59課

圖像記憶&口訣

八爪章魚常失眠 邊抓魚邊打哈欠

發音口訣

「ハ」的發音也是「ha」，亦近似國語的「哈」。

聽Rap記字源

♪♪ 八八八變ハハハ　八八變ハハ ♪♪

「ハ」是由「八」字演變而來，八→ハ

小故事輕鬆聯想

失眠是許多現代人共同的困擾，明明非常疲倦，卻不能睡個好覺，隔天更是精神不濟，好痛苦呀！這隻章魚顯然也深為失眠問題所苦，不僅眼圈發黑，還不停地打哈（ハ）欠，這下連魚隻都很從容地從牠的追捕中逃開呢！還是趕緊去看醫生，解決這個惱人的問題吧！**藉由八爪章魚打哈欠來輕鬆聯想（ハ）的發音吧！**

筆順步驟

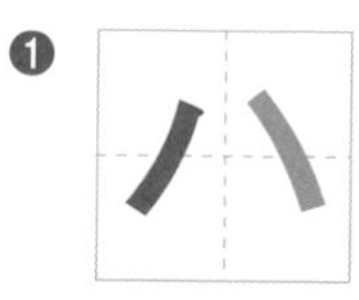

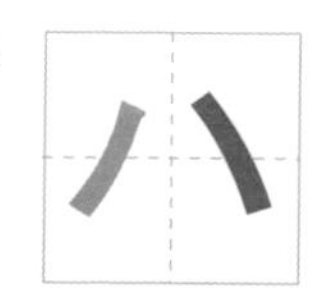

第53課

圖像記憶＆口訣

比基尼泳裝大賽 His daughter最可愛

發音口訣

「ひ」的發音為「hi」，近似英語音標的「hɪ」。

聽Rap記字源

♪♪比比比變ひひひ　比比變ひひ♪♪

「ひ」是由草寫的「比」字演變而來，比→𛂞→ひ

小故事輕鬆聯想

兒童比基尼泳裝大賽開始囉！只見爸爸媽媽們替自己的寶貝精心打扮，展現出最亮眼的一面。這位先生更是別出心裁，替 Hi（ひ）s daughter 吉娜設計漂亮的造型，大家都說他女兒吉娜是最可愛的，看來他的辛苦有了代價喔！**藉由觀眾們對 His daughter 的稱讚來輕鬆聯想（ひ）的發音吧！**

筆順步驟

ひ

（※請一筆完成，不要分段）

圖像記憶&口訣

在天願作比翼鳥
在地看見Hippo笑

發音口訣

「ヒ」的發音也是「hi」，亦近似英語音標的「hɪ」。

聽Rap記字源

♪♪ 比比比變ヒヒヒ　比比變ヒヒ ♪♪

「ヒ」是由「比」字演變而來，比→ヒ

小故事輕鬆聯想

遇到不解風情的男伴，是許多女性的痛。道隆跟惠理香這對情侶在美麗的風景區散步，當惠理香沉浸在鳥兒比翼雙飛的浪漫情調中，道隆卻只看見池塘裡的 Hi（ヒ）ppo 張開大嘴，好像在哈哈笑！比翼鳥和河馬的浪漫指數也差太多了吧？**藉由殺風景的 Hippo 來輕鬆聯想（ヒ）的發音吧！**

筆順步驟

❶ 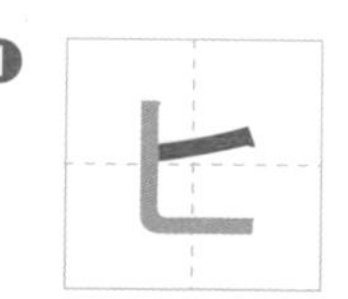

❷ 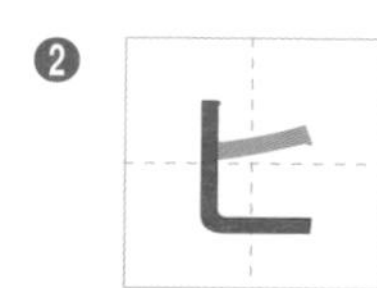

第55課

圖像記憶&口訣

不識廬山真面目 敷臉中看不清楚

發音口訣

「ふ」的發音為「fu」，近似國語的「敷」。

聽Rap記字源

♪♪ 不不不變ふふふ　不不變ふふ ♪♪

「ふ」是由草寫的「不」字演變而來，不→ ふ →ふ

小故事輕鬆聯想

不少愛美的女性會選擇在家敷（ふ）臉保養，維持肌膚的光澤，但敷臉時的模樣往往有些嚇人呢！當冴子臉上塗滿冰河泥或貼滿小黃瓜薄片的時候，老公洋介正好下班回來，他還以為看到什麼，嚇了一大跳呢。不過原來那是他太太啦！**藉由敷臉來輕鬆聯想（ふ）的發音吧！**

筆順步驟

❶ 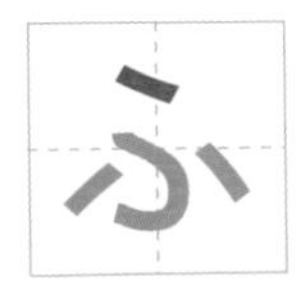

❷ 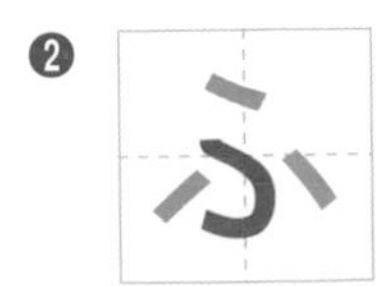

❸ 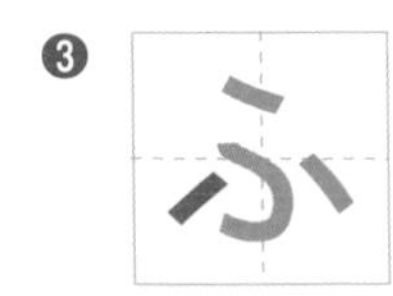

❹ 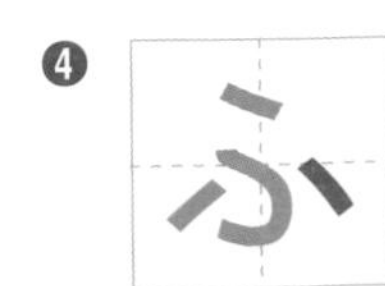

第56課

圖像記憶&口訣

不抽菸又不喝酒
肌膚光澤更持久

發音口訣

「フ」的發音也是「fu」，亦近似國語的「敷（膚）」。

聽Rap記字源

♪♪ 不不不變フフフ　不不變フフ ♪♪

「フ」是由「不」字演變而來，不→丆→フ→フ

小故事輕鬆聯想

想讓肌膚（フ）白皙又有光澤，規律的作息和清淡的飲食習慣必不可少，更要拒絕抽菸和喝酒，以免肌膚老化、變得粗糙又暗沉。看這位美女雪莉，她的肌膚不僅嫩白細緻，更是光采照人，想必花了不少心思保養，看Bar 裡的老外們想用菸酒來引誘她，為了白皙的肌膚，她都斷然拒絕呢！**藉由保養肌膚來輕鬆聯想（フ）的發音吧！**

筆順步驟

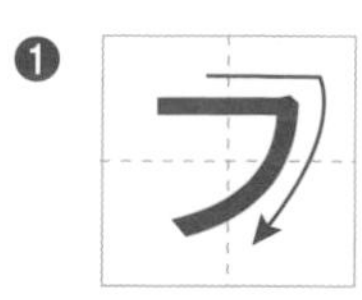

（※請一筆完成，不要分段）

圖像記憶＆口訣

菜鳥部長屢出錯 可憐下屬揹黑鍋

發音口訣

「ヘ」的發音為「he」，近似國語的「黑」。

聽Rap記字源

♪♪ 部部部變ヘヘヘ　部部變ヘヘ ♪♪

「ヘ」是由草寫的「部」字演變而來，部→ ⻏ →〜→ヘ

小故事輕鬆聯想

新手上路總是狀況連連，需要一段適應期。這位菜鳥的鍋田部長大概是第一次當主管，有些措手不及，連上司都開始關切他的狀況了呢。看來菜鳥部長招架不住，開始推卸責任，倒楣的下屬們揹了好大的黑（ヘ）鍋，欲哭無淚呀！**藉由下屬揹黑鍋來輕鬆聯想（ヘ）的發音吧！**

筆順步驟

❶

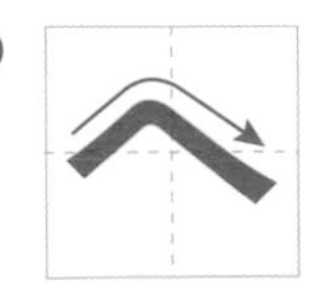

（※請一筆完成，不要分段）

第58課

圖像記憶&口訣

傘兵部隊大空降
全部掉進黑龍江

發音口訣

「へ」的發音
也是「he」，
亦近似國語的
「黑」。

聽Rap記字源

♪♪ 部部部變へへへ　部部變へへ ♪♪

「へ」是由「部」字演變而來，部→阝→⼃→へ

小故事輕鬆聯想

傘兵空投演習時，常常因為抓不準風向而偏離方向。這些大頭兵們想必經驗還不夠，怎麼一不留神，就通通掉進黑（へ）龍江了呢？看來又是一樁菜鳥鬧出的烏龍事件，下次演習時可要抓準一點，別再出醜啦！**藉由掉進黑龍江的狼狽情景來輕鬆聯想（へ）的發音吧！**

筆順步驟

❶

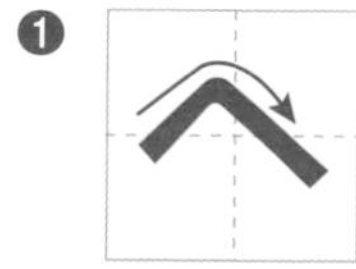

（※請一筆完成，不要分段）

圖像記憶&口訣

保全系統頻秀逗
警鈴響遍Hotel

發音口訣

「ほ」的發音為「ho」，近似英語音標的「ho」。

聽Rap記字源

♪♪保保保變ほほほ　保保變ほほ♪♪

「ほ」是由草寫的「保」字演變而來，保→ほ→ほ

小故事輕鬆聯想

出外度假玩了一整天，拖著疲憊的身軀回到 Ho（ほ）tel，最期待的就是洗個舒服的澡、睡個好覺，隔天才能繼續緊湊的行程。不曉得是那家的保全系統，竟然故障了，刺耳的警鈴響遍 Hotel ，真是擾人清夢啊！**藉由 Hotel 的烏龍警鈴事件來輕鬆聯想（ほ）的發音吧！**

筆順步驟

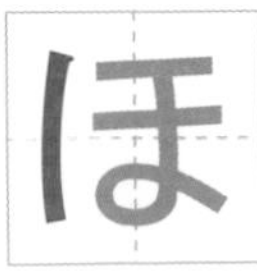

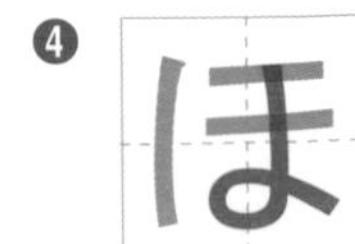

第60課

圖像記憶&口訣

保險方案大特賣 Hope沒人出意外

發音口訣

「ㄏ」的發音也是「ho」，亦近似英語音標的「ho」。

聽Rap記字源

♪♪保保保變ㄏㄏㄏ　保保變ㄏㄏ♪♪

「ㄏ」是由「保」字演變而來，保→呆→ㄏ

小故事輕鬆聯想

保險方案推陳出新，業務員要卯足全力，才能拼出亮眼的業績。除了努力吸引客戶上門投保，還要 Ho（ㄏ）pe 這些投保的客戶平平安安、順順利利。你看，這位史密斯先生剛投保完就闖紅燈，站在一旁的業務員可是捏了把冷汗！**藉由保險業務員的 Hope 來輕鬆聯想（ㄏ）的發音吧！**

筆順步驟

❶ 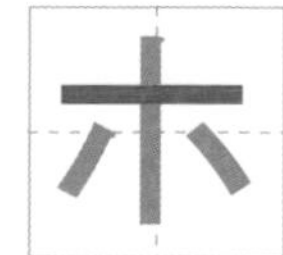

❷ 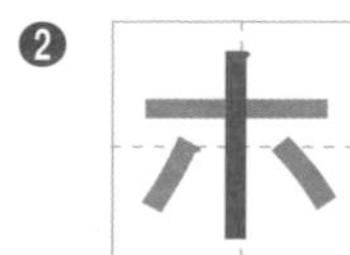

❸ 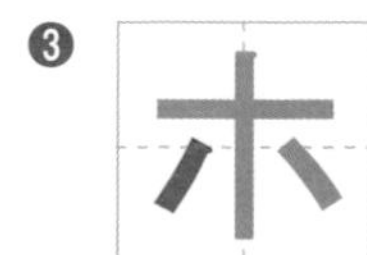

❹ 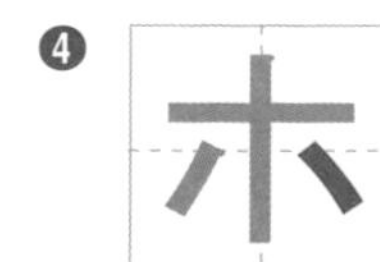

日本豆知識6 （日本祭典之旅）

祭典的日子到了！小步帶著心怡，興沖沖要帶她去看祭典，小步跟她說：「日本人最早會舉行祭典的原因各有不一，**一般在鄉村是為了祈求豐收，在大都市則是為了鎮壓邪靈作亂。**」小步還跟心怡介紹了一些日本祭典的特色。

青森睡魔祭

青森ねぶた(あおもりねぶた)　青森縣

位於日本東北的青森相當寒冷，當地百姓會架這麼一個大的古代武士人型遊行，並齊聲大喊，旨在驅離睡魔。

竿燈祭

竿灯祭り(かんとうまつり)　秋田縣

人人頂著一支竹竿，上頭結著46個燈籠的遊行隊伍，旨在驅除夏季的病魔及邪靈。

祇園祭

祇園祭(ぎおんまつり)　京都府

京都的第一大盛事，著名的主活動稱之為「山鉾巡行」。昔日因為疫病流行，死了很多人，百姓們認為是神明的憤怒所致。所以為了平息神明的怒氣而舉行的。

山鹿燈籠祭

山鹿灯籠祭り(やまがとうろうまつり)　熊本縣

上千名舞者頭上戴著燈籠一起跳舞。源自昔日一位天皇出巡時，在山鹿一帶的霧中迷路，百姓們帶著照明物去把天皇營救出來的典故。

宇和島牛鬼祭

うわじま牛鬼祭り(うわじまうしおにまつり)　愛媛縣

許多人會拉一座牛頭長頸怪物造型的模型台車上街遊行。而這座牛鬼台車，傳說中是古時一位將軍製造出來的攻城兵器。

螺旋式は、ハ練習

0 はつか
二十日

1 ハーフ
混血兒

1 ひのき
檜木

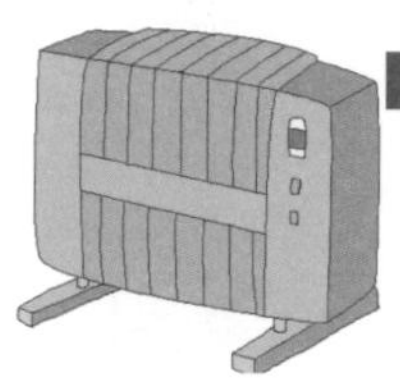

1 ヒーター
暖氣機

1 ふうけい
風景

1 ナイフ
刀子

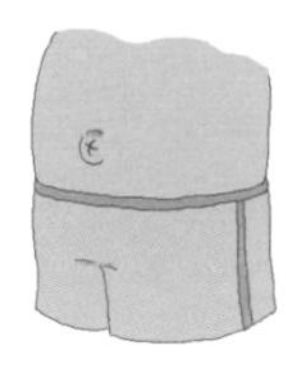

0 へそ
肚臍

1 ヘア
頭髮

1 ほのお
火焰

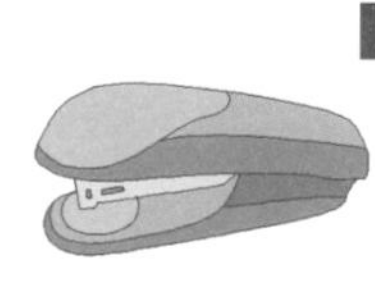

1 ホッチキス
訂書機

圖像記憶&口訣

末班車裡累到趴
半夢半醒亂喊媽

發音口訣

「ま」的發音為「ma」，近似國語的「媽」。

聽Rap記字源

♫ 末末末變ままま　末末變まま ♫

「ま」是由草寫的「末」字演變而來，末→ま→ま

小故事輕鬆聯想

加班加到深夜的武田甚太郎，好不容易趕上末班車，體力早就透支了！一上車就沉沉睡去，半夢半醒間竟然喊起媽（ま）媽來了，而且趴在地上，抓著旁邊一個女乘客的腳，這下子誤會大了。奉勸各位上班族，盡量保持正常作息、集中精神提升效率，才能避免加班的惡性循環喔！**藉由喊媽的夢話來輕鬆聯想（ま）的發音吧！**

筆順步驟

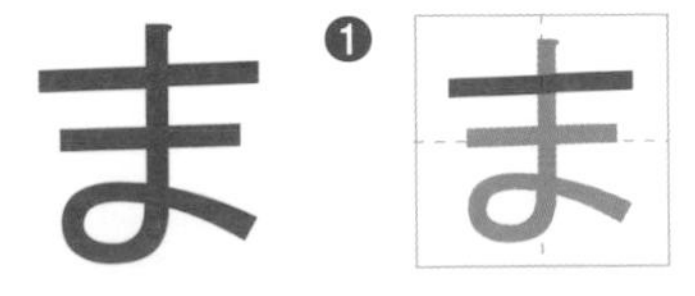
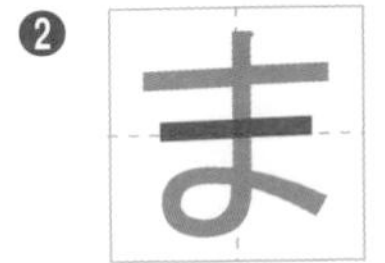
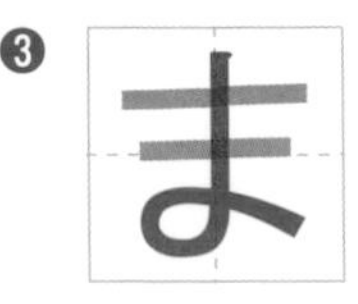

第62課

圖像記憶&口訣

萬元大鈔任你拿
難以置信真的嗎

發音口訣

「マ」的發音也是「ma」，亦近似國語的「媽（嗎）」。

聽Rap記字源

♪♪万万万變マママ　万万變ママ♪♪

「マ」是由「万」字演變而來，万→ ㇇ →マ

小故事輕鬆聯想

什麼？堀江阿貴竟然嫌自己的錢太多，在路邊發起萬元大鈔，大大方方任人拿取。經過的路人都在想：『這是真的嗎（マ）？』。姑且不論是否是阿貴在打廣告、店家噱頭或者整人惡作劇，既來之則安之，就去探個究竟吧！**藉由「真的嗎？」的疑問來輕鬆聯想（マ）的發音吧！請注意這個字的字源是由「萬」的簡寫（万）變來的。**

筆順步驟

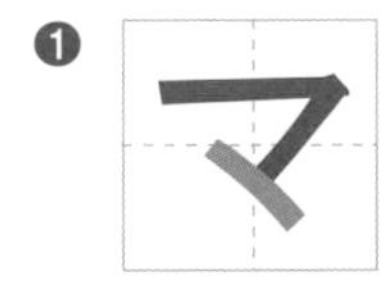

圖像記憶&口訣

美國聯邦調查局
偵辦貓咪偷抓魚

「み」的發音為「mi」，近似國語的「咪」。

聽Rap記字源

♪♪ 美美美變みみみ　美美變みみ ♪♪

「み」是由草寫的「美」字演變而來，美→美→美→み

小故事輕鬆聯想

雖說警察是人民保母，肩負捍衛人民安全的責任，但也不能亂報案呀！美國聯邦調查局接獲恐怖份子情報，派出麥斯及強森兩位精幹的探員前往逮捕，兩人到了現場才發現，竟然是獨居的老太太要求逮捕闖進她家偷魚吃的貓咪（み），真是讓人一個頭兩個大！**藉著偷魚的貓咪來輕鬆聯想（み）的發音吧！**

筆順步驟

み ❶ み ❷ み

圖像記憶&口訣

發音口訣

「ミ」的發音
也是「mi」，
亦近似國語的
「咪」。

聽Rap記字源

♪♪ 三三三變ミミミ　三三變ミミ ♪♪

「ミ」是由「三」字演變而來，三→ミ

小故事輕鬆聯想

次郎還不會說話，有一次突然哇哇大哭。次郎的哥哥大郎不知道次郎到底要幹嘛？所以用了一個很笨的方法來安撫他。其實寶寶在肚子餓的時候，都會嚎啕大哭，不管媽咪（ミ）是不是在忙，就是希望媽咪趕緊送上奶瓶把自己餵飽。看來媽咪們真是勞苦功高呀！**藉由哭了喊媽咪來輕鬆聯想（ミ）的發音吧！**

筆順步驟

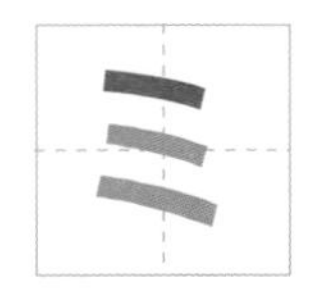

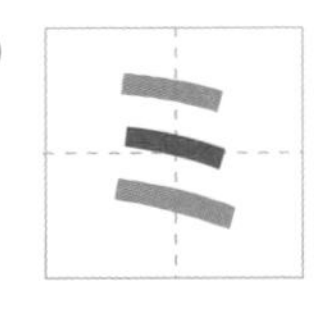

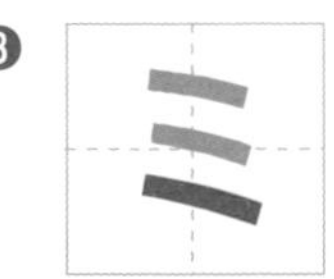

圖像記憶&口訣

武林高手比功力
飛來飛去像Movie

發音口訣

「む」的發音為「mu」，近似英語音標的「mu」。

聽Rap記字源

♪♪ 武武武變むむむ　武武變むむ ♪♪

「む」是由草寫的「武」字演變而來，武→武→む

小故事輕鬆聯想

武俠小說裡的高手過招，總免不了比試一下輕功，你能水上飄，我會草上飛。就像《臥虎藏龍》中李慕白和玉嬌龍在八仙山竹林精采的對手戲一樣。看他們在木樁上靈巧飛身，就像在拍 Mo（む）vie 的樣子，連下面的路人都感到驚奇呢！**藉由 Movie 般令人驚嘆的身手來輕鬆聯想（む）的發音吧！**

筆順步驟

❶ 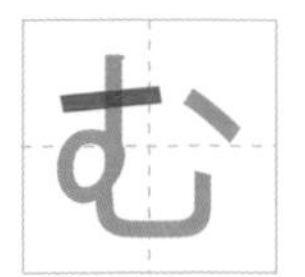
❷ 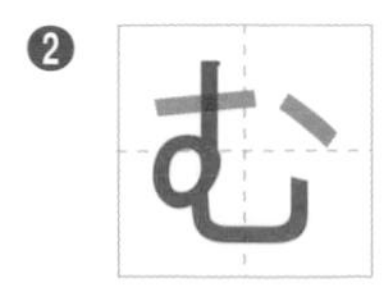
❸ 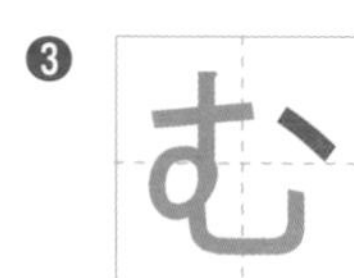

第66課

圖像記憶&口訣

釋迦牟尼說佛理 惡人聽了也Moving

發音口訣

「ム」的發音也是「mu」，亦近似英語音標的「mu」。

聽Rap記字源

♪♪ 牟牟牟變ムムム　牟牟變ムム ♪♪

「ム」是由「牟」字演變而來，牟→ム

小故事輕鬆聯想

釋迦牟尼突然現身說法，闡述佛理，正在搶劫路人為非作歹的山賊土匪楊大虎，聽了以後也不禁 Mo（ム）ving 動容，決定放下屠刀、潛心修行呢！無論是哪一種宗教，最重要的宗旨都是勸人為善，不要泯滅善良的本性才是最重要的。**藉由聽了佛理而 Moving 的心境來輕鬆聯想（ム）的發音吧！**

筆順步驟

❶ 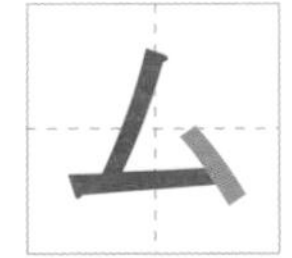

❷ 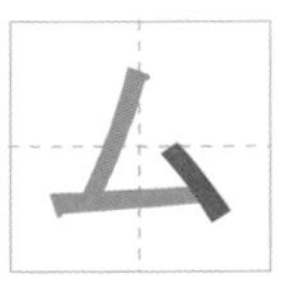

圖像記憶＆口訣

牧羊女護羊吃草
羊兒開心咩咩叫

發音口訣

「め」的發音為「me」，近似國語的「咩」。

聽Rap記字源

♪♪女女女變めめめ　女女變めめ♪♪

「め」是由草寫的「女」字演變而來，女→→め

小故事輕鬆聯想

聽過《越女劍》的傳說嗎？這位像越女一樣身懷絕藝的牧羊女莎拉趕著羊群上山吃草，突然出現的野狼卻讓羊群面臨莫大的危機。但羊群知道莎拉的厲害，一點也不怕，反而看熱鬧一般的看著莎拉跟野狼的對峙，快樂得咩（め）咩叫呢！**藉由羊群開心的咩咩聲來輕鬆聯想（め）的發音吧！**

筆順步驟

❶ 
❷ 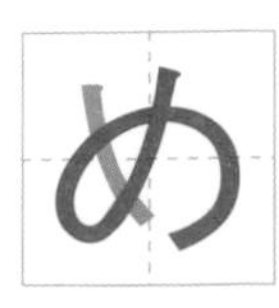

圖像記憶＆口訣

牧羊女踩空滑倒
羊兒壞心咩咩笑

發音口訣

「メ」的發音
也是「me」，
亦近似國語的
「咩」。

聽Rap記字源

♪♪女女女變メメメ　女女變メメ♪♪

「メ」是由「女」字演變而來，女→女→メ

小故事輕鬆聯想

莎拉大顯身手、保住了羊群的安全，大概是壓力突然減輕，竟然一不留神地踩空滑了一跤。壞心的羊兒竟然咩（メ）咩地笑，嘲笑出糗的莎拉。這些羊兒也未免太忘恩負義了，好孩子千萬不要學喔！**藉由壞心羊兒咩咩的笑聲來輕鬆聯想（メ）的發音吧！**

筆順步驟

❶ 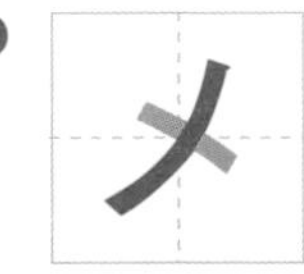

❷ 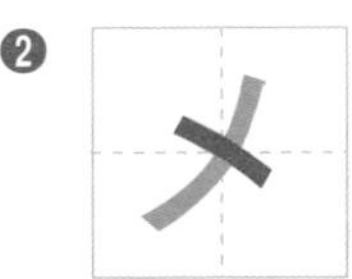

も [mo]

第69課  

圖像記憶&口訣

拔下牛毛作新衣
牛群哞哞來抗議

發音口訣

「も」的發音為「mo」，近似國語的「哞」。

聽Rap記字源

♪♪ 毛毛毛變ももも　毛毛變もも ♪♪

「も」是由草寫的「毛」字演變而來，毛→ 毛 →も

小故事輕鬆聯想

牛隻除了替人耕田以外，牛皮可以做皮件，牛肉可以食用，牛骨可以做工藝品，真是貢獻良多。但是包爾異想天開要去拔牛毛來做新衣，這下惹來牛群的高度抗議！整個牧場響遍了牛群哞（も）哞的憤怒抗議，還是快去道歉吧！**藉由牛群的哞哞聲來輕鬆聯想（も）的發音吧！**

筆順步驟

も ❶ 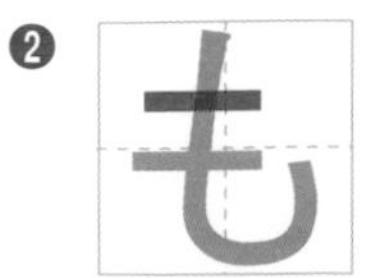 ❷ 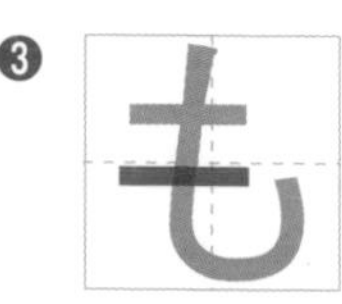 ❸

第70課

圖像記憶&口訣

這長毛象真有趣 竟然會說Good morning

發音口訣

「モ」的發音也是「mo」，亦似國語的「哞（英語音標：mo）」。

聽Rap記字源

♪♪ 毛毛毛變モモモ　毛毛變モモ ♪♪

「モ」是由「毛」字演變而來，毛→ 乇 →モ

小故事輕鬆聯想

看過《博物館驚魂夜》嗎？賦予這些栩栩如生的展覽品生命，真是了不起的創意。功介看到逼真的長毛象塑像，且有語音功能，實在非常開心。他跟爸爸說，「這隻長毛象會說 Good Mo（モ）rning 耶」，真是令人讚嘆啊！**藉由會說 Good Morning 的長毛象來輕鬆聯想（モ）的發音吧！**

筆順步驟

❶ 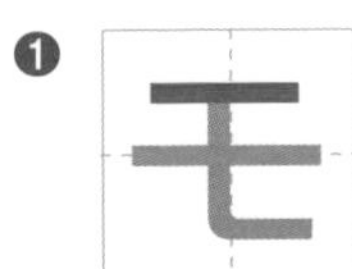

❷ 

❸ 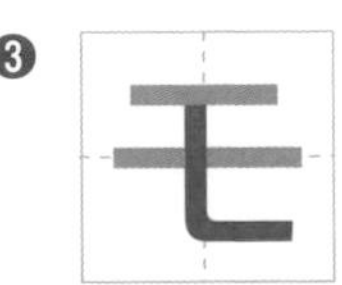

日本豆知識7（大和之美一藝妓與舞妓）

祭典看完了，心怡跟小步到京都逛街。今天在街上看到了一個塗著白白的臉，穿傳統服裝的女生。心怡好奇的問小步說：「那人好特別喔？」，小步於是跟她說「那是藝妓！」，並跟她介紹日本的藝妓跟舞妓。

在日本的京都，有一樣美麗的象徵，就是「藝妓」。藝妓們一般群住於京都的「五花街（祇園甲部、先斗町、宮川町、上七軒、祇園東）」一帶。相信曾看過《藝妓回憶錄》的人就知道，她們在工作時就是梳著傳統的髮型、穿著和服、臉用粉塗的白白的。不過千萬別看到一個「妓」字就有所誤會。表演歌舞、陪客人聊天，藝妓們渾身技藝，招待客人，擅於交際，是賣藝不賣身的。

20歲之前的實習生稱之為「舞妓」、20歲之後能晉升為獨當一面的「藝妓」，但舞妓也可以選擇結束這種特別的身分。如果碰巧在京都的街頭看到她們，可以從和服衣領的顏色加以判斷。**衣領俏麗，五顏六色的便是「舞妓」，純白色的便是「藝妓」。**

在日本，有些女性對藝妓充滿憧憬，但藝妓的生涯是相當辛苦的。對她們而言，人生就是工作、工作就是人生，許多不成文的傳統規矩總壓得她們喘不過氣，所以20歲後仍肯留任藝妓的人數並不算多，日本約6500多萬的女性人口中，僅有百餘人仍持續這個身分，所以要看到她們並不容易。也因此，藝妓被日本官方定為活生生的國有文化財產。

【藝妓】

【舞妓】

對她們還是很好奇嗎？跟心怡一樣實地到京都來看看吧！

螺旋式ま、マ練習

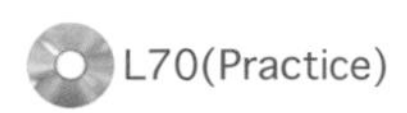

2 まく
布幕

1 マイク
麥克風

1 みこ
神道教的巫女

1 ミキサー
果汁機

0 むし
蟲

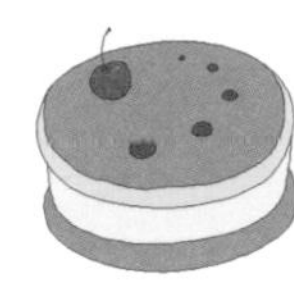

1 ムース
慕絲甜點

3 めくそ
眼垢

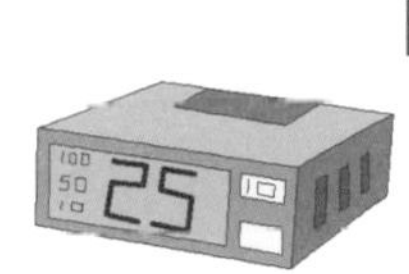

1 メーター
儀表板

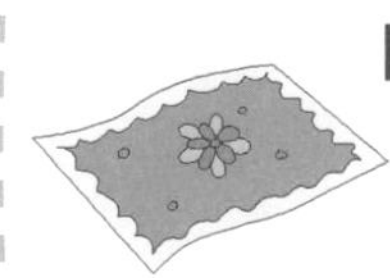

1 もうふ
毛毯

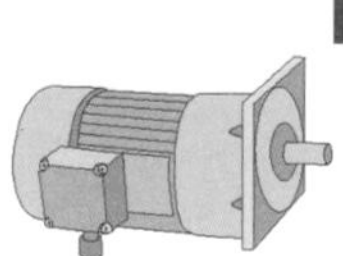

1 モーター
馬達

圖像記憶＆口訣

搭船要去維也納
多瑙河上看野鴨

發音口訣

「や」的發音為「ya」，近似國語的「鴨」。

聽Rap記字源

♪♪ 也也也變ややや　也也變やや ♪♪

「や」是由草寫的「也」字演變而來，也→ 也 →や

小故事輕鬆聯想

位於多瑙河畔的維也納，以醉人的美景和濃厚的人文氣息著稱。珍妮佛到這裡旅遊，搭船遊河飽覽多瑙河的美麗風光，微風輕拂，水光瀲灩。此時卻在河面上看到有兩隻野鴨（や）爭食打架，不過，也無損這人間仙境的好風光啊！**藉由大打出手的野鴨來輕鬆聯想（や）的發音吧！**

筆順步驟

❶ 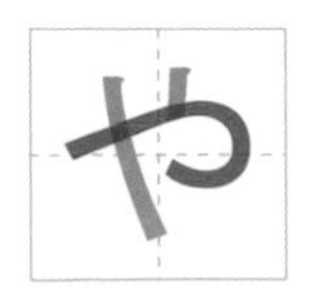

❷ 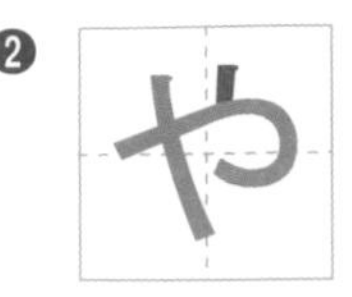

❸ 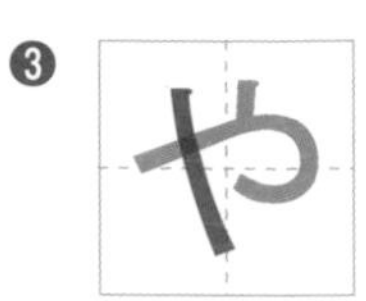

第79課

圖像記憶&口訣

音樂之都維也納 竟然也有賣烤鴨

發音口訣

「ヤ」的發音也是「ya」，亦近似國語的「鴨」。

聽Rap記字源

♪♪也也也變ヤヤヤ　也也變ヤヤ♪♪

「ヤ」是由「也」字演變而來，也→ 乜 →ヤ

小故事輕鬆聯想

在全球化的時代，大量移民造成文化移植，許多大城市的風貌也越來越相似。置身音樂之都維也納，除了傳統美食炸肉排之外，珍妮佛竟然還看到了北京烤鴨（ヤ）店！不過，珍妮佛總覺得這鴨子有點眼熟，好像在哪兒看過呢！**藉由烤得金黃酥脆的烤鴨來輕鬆聯想（ヤ）的發音吧！**

筆順步驟

❶ 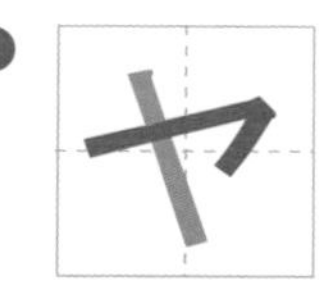

❷ 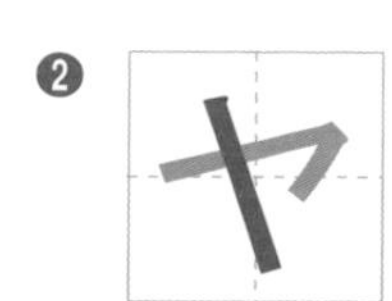

第73課

L73

圖像記憶＆口訣

由於是門面工作 上班請穿Uniform

發音口訣

「ゆ」的發音為「yu」，近似英語的「U」。

聽Rap記字源

♪♪ 由由由變ゆゆゆ　由由變ゆゆ ♪♪

「ゆ」是由草寫的「由」字演變而來，由→由→ゆ

小故事輕鬆聯想

錄取了新工作，當然要好好珍惜機會、認真努力。資深的同事曾正猛特別告誡新同事郝鮮生說：「我們的工作代表公司的門面，所以一定要穿U（ゆ）niform 喔！」。這家公司穿衣要符合規定、乾淨整齊，而且這份工作還挺有挑戰性的！**藉由嶄新的 Uniform 來輕鬆聯想（ゆ）的發音吧！**

筆順步驟

❶ 

❷ 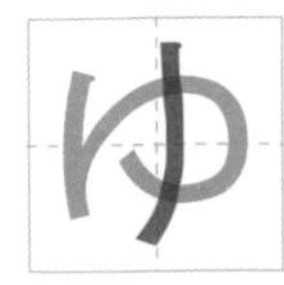

圖像記憶&口訣

由於我長得很帥
上傳Youtube人人愛

發音口訣

「ユ」的發音也是「yu」，亦近似英語的「U（英語音標：ju）」。

聽Rap記字源

♪♪ 由由由變ユユユ　由由變ユユ ♪♪

「ユ」是由「由」字演變而來，由→⊥→ユ→ユ

小故事輕鬆聯想

在這個敢秀就有機會紅的時代，如何行銷自己，成了最熱門的課題。英俊挺拔人人愛的真田二枚目，怎能自甘寂寞做個宅男呢？於是二枚目趕緊自拍幾段影片，上傳到 You（ユ）Tube，只見點閱率居高不下，二枚目自鳴得意，認為自己很可能就是下一個明星。**藉由網路人氣紅不讓的 YouTube 來輕鬆聯想（ユ）的發音吧！**

筆順步驟

❶ 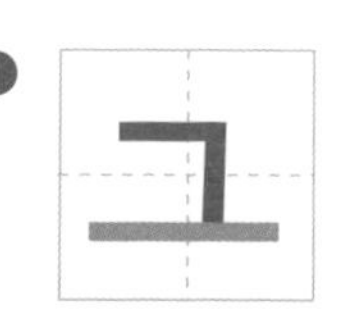

❷ 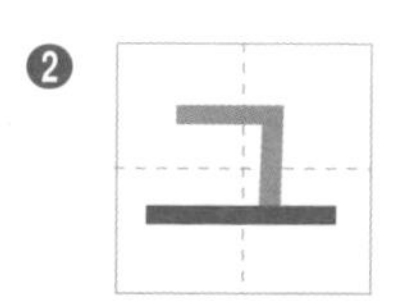

圖像記憶&口訣

與眾不同的老婆
造型霹靂但夠優

發音口訣

「よ」的發音為「yo」，近似國語的「優」。

聽Rap記字源

♪♪ 與與與變よよよ　與與變よよ ♪♪

「よ」是由草寫的「與」字演變而來，與→ら→よ→よ

小故事輕鬆聯想

一般人穿著衣服都是中規中矩的，但這位安室千奈美可不一樣，平時就打扮勁爆，婚後依然光彩四射，連懷孕大肚子了，在外逛街時的髮型跟衣著依舊霹靂又前衛，不過重點是就算千奈美身懷六甲，造型卻還是很優（よ）喔，老公安雄都讚不絕口！**藉由與眾不同的優質老婆來輕鬆聯想（よ）的發音吧！**

筆順步驟

❶ 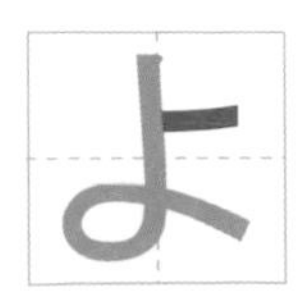

❷ 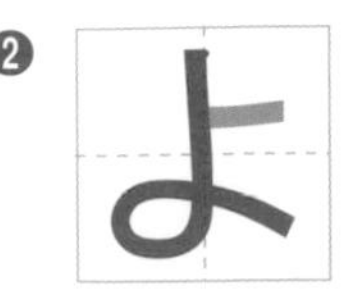

L76

圖像記憶&口訣

與眾不同的老公 造型專走憂鬱風

發音口訣

「ヨ」的發音也是「yo」，亦近似國語的「優（憂）」。

聽Rap記字源

♪♪ 與與與變ヨヨヨ　與與變ヨヨ ♪♪

「ヨ」是由「與」字演變而來，與→ 𦥑 →ヨ

小故事輕鬆聯想

誰說男人只要結了婚，就只能為五子登科打拼。跟千奈美結婚的安雄，是個充滿憂（ヨ）鬱氣質的藝術家，不管是文學、音樂還是繪畫，都有令千奈美仰慕的才華。尤其是安雄最喜歡拿起惡魔的叉子走來走去，尋覓創作的靈感，連千奈美都為了他的憂鬱氣質而感到驕傲呢！**藉由造型專走憂鬱風的老公來輕鬆聯想（ヨ）的發音吧！**

筆順步驟

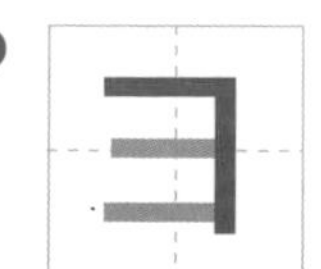
❷
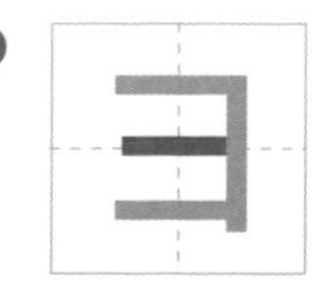
❸
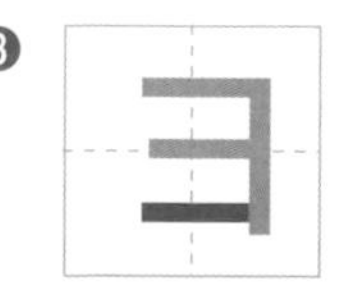

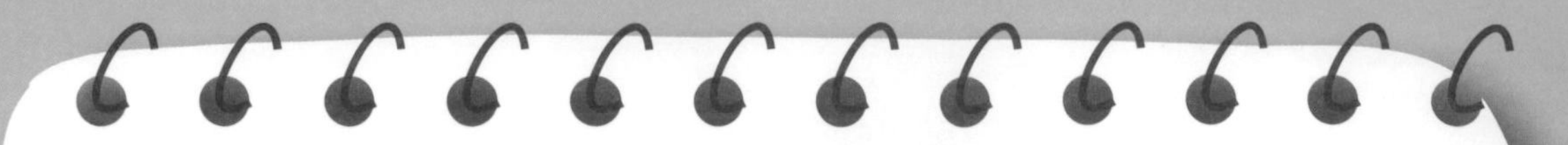

日本豆知識8 （日本人過新年Ⅰ）

過年了！小步帶著心怡到神社去參拜。日本的新年只過陽曆年。每當十二月三十一日後，日本人都會徹夜趕到神社去進行「初次參拜，初詣(はつもうで)」，祈求新的一年平安、如意。但進去之前，必須在神社前的手水舍(ちょうずしゃ)先洗手、漱口，以示淨身。小步帶著心怡到手水舍前，拿起杓子，一步步的教心怡淨身的動作。

【淨身步驟】

1. 先用右手拿起杓子，洗濯左手。
2. 再用左手拿起杓子，洗濯右手。
3. 用右手拿起杓子，倒一些水在左手心，再用這些水漱口。
4. 將杓子舀起水，然後立起，讓流下來的水清潔柄部。
5. 將杓子放回原位，供下個人使用。

那麼，淨完身了！小步便帶著心怡進正殿去參拜。到了祭壇前時，小步做一次參拜的方式給心怡看。

【參拜步驟】

1. 先投五元日幣的香油錢到香油筒，那為什麼以五元為佳呢？因為在日語中，「五元」與「有緣」互為諧音，代表吉利。
2. 接著搖動祭壇前一個綁著大鈴的布條。（藉著「鈴鈴鈴…」的聲音，告訴神明！我來囉！）
3. 對神明鞠躬兩次。
4. 拍掌兩次（告訴神明，我開始跟祢祭拜囉！）。
5. 最後再鞠躬一次，禮成。

螺旋式や、ヤ練習

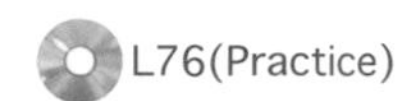

0 やくそう

藥草

1 ヤソ

耶穌

0 ゆかた

日式浴衣

1 ユニホーム

制服

3 よあけ

拂曉

1 ヨット

帆船

圖像記憶&口訣

不良份子被狗追
一路逃到巴拉圭

發音口訣

「ら」的發音為「ra」，近似國語的「拉」。

聽Rap記字源

♪♪ 良良良變ららら　良良變らら ♪♪

「ら」是由草寫的「良」字演變而來，良→𛀾→𛀿→ら

小故事輕鬆聯想

想不到這個天不怕、地不怕的不良份子大刀三郎，最害怕的竟然是搖著尾巴汪汪叫的小狗，真是令人意外啊！小狗也感覺得到三郎不對勁，對他窮追不捨，竟然就這樣一路追到巴拉（ら）圭去了，人真是不能做壞事呢！**藉由一路被追趕到巴拉圭的壞人來輕鬆聯想（ら）的發音吧！**

筆順步驟

❶ 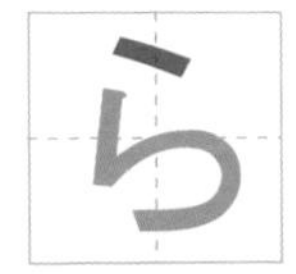

❷ 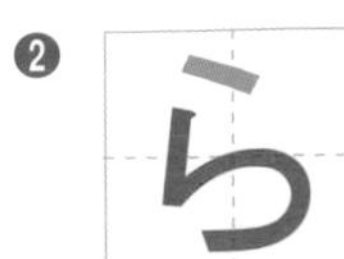

第78課

圖像記憶&口訣

良辰吉時娶辣妹
親友客串啦啦隊

發音口訣

「ラ」的發音也是「ra」，亦近似國語的「拉（啦）」。

聽Rap記字源

♪♪ 良良良變ラララ　良良變ララ ♪♪

「ラ」是由「良」字演變而來，良→ラ→ラ

小故事輕鬆聯想

結婚是終身大事，當然要講究良辰吉時，更要廣邀親友一起來沾沾喜氣。趙好命就在這個好時辰娶到辣妹級的美嬌娘曾嬌媚，好命的春風得意可想而知囉！好命的婚宴要熱鬧，親友的參與不可少，看他們自願客串啦（ラ）啦隊的模樣，想必對新人充滿真心的祝福！**藉由歡天喜地的啦啦隊來輕鬆聯想（ラ）的發音吧！**

筆順步驟

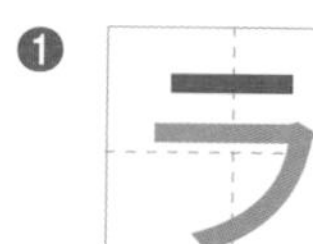

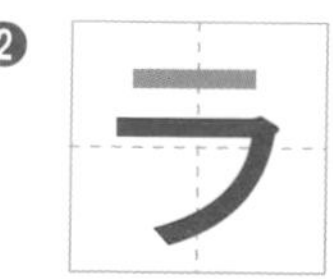

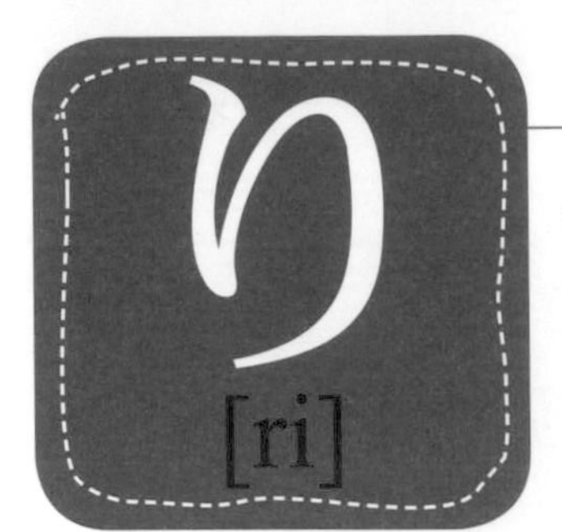

第79課

圖像記憶&口訣

義大利麵還沒煮 肚子餓得嘰哩咕嚕

發音口訣

「り」的發音為「ri」，近似國語的「哩」。

聽Rap記字源

♪♪利利利變りりり　利利變りり♪♪

「り」是由草寫的「利」字演變而來，利→利→利→り

小故事輕鬆聯想

香濃彈牙的義大利麵是相當受歡迎的美食，無論搭紅醬、白醬、青醬或肉醬都好吃！但是美食需要耐心等待，一個步驟都馬虎不得，排在前面的四五桌客人都還沒得吃呢！看來麵沒下鍋還有得等，這位客人本田先生的肚子也不爭氣地嘰哩（り）咕嚕叫了，使他急的想要催老闆快點。**藉由嘰哩咕嚕的聲音來輕鬆聯想（り）的發音吧！**

筆順步驟

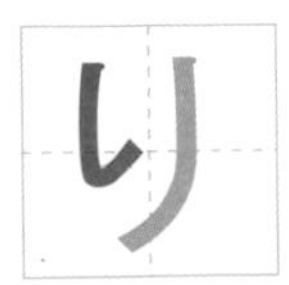
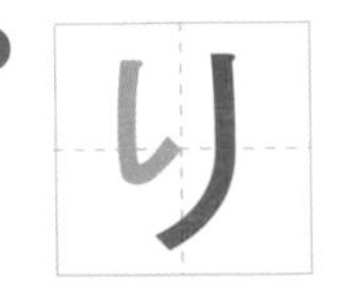

第80課

圖像記憶&口訣

銀行利率降不停
唏哩嘩啦降到零

發音口訣

「り」的發音
也是「ri」，
亦近似國語的
「哩」。

聽Rap記字源

♪♪利利利變りりり　利利變りり♪♪

「り」是由「利」字演變而來，利→刂→り

小故事輕鬆聯想

微利時代來臨，銀行的利率一降再降，讓存戶的信心也跟著降到谷底。經濟不景氣的影響，在短時間內無法抹去，唏哩（り）嘩啦降到零的利率，真是讓人看了心裡淌血啊！這位受害者谷田先生，痛苦的在銀行行員面前大叫，只好縮衣節食撐下去了。**藉由唏哩嘩啦降到零的利率來輕鬆聯想（り）的發音吧！**

筆順步驟

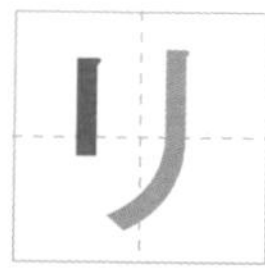

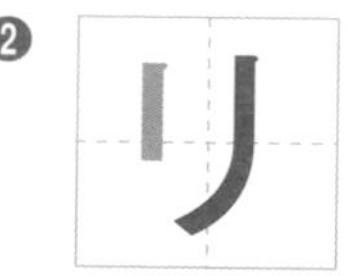

圖像記憶＆口訣

困留沙漠被救回 咕嚕咕嚕狂灌水

發音口訣

「る」的發音為「ru」，近似國語的「嚕」。

聽Rap記字源

♫ 留留留變るるる　留留變るる ♫

「る」是由草寫的「留」字演變而來，留→留→る→る

小故事輕鬆聯想

被困在沙漠找不到出路，最可怕的事情莫過於沒有水喝，烈日曝曬加上口乾舌燥，一不小心就會鬧出人命啊！這位被困留在沙漠好一陣子的喬治，得救以後忍不住咕嚕（る）咕嚕狂灌飲用水，但他喝得太急太快，旁邊救他出來的阿兵哥，都開始替他擔心了！**藉由咕嚕咕嚕的聲音來輕鬆聯想（る）的發音吧！**

筆順步驟

（※請一筆完成，不要分段）

第89課

圖像記憶&口訣

邊流眼淚邊喊媽
嘀裡嘟嚕在哭啥

發音口訣

「ル」的發音
也是「ru」，
亦近似國語的
「嚕」。

聽Rap記字源

♪♪ 流流流變ルルル　流流變ルル ♪♪

「ル」是由「流」字演變而來，流→ ノレ→ル

小故事輕鬆聯想

還在牙牙學語的小寶寶，說不出一句完整的話，只要累了、餓了、尿布濕了，免不了要嘀裡嘟嚕（ル）哭著向媽媽求救。新手媽媽紀子遇到這種陣仗，整個手足無措、非常慌張！希望她靜下心來想想，找到寶寶需要的是什麼吧！**藉由嘀裡嘟嚕的兒語來輕鬆聯想（ル）的發音吧！**

筆順步驟

❶ 

❷ 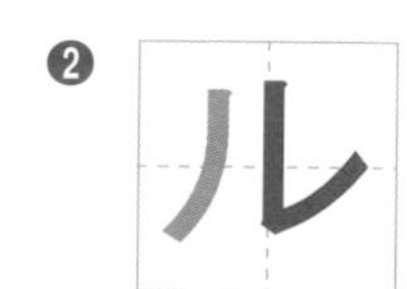

圖像記憶&口訣

紅色炸彈來入侵 勒緊褲帶湊禮金

發音口訣

「れ」的發音為「re」，近似國語的「勒」。

聽Rap記字源

♪♪礼礼礼變れれれ　礼礼變れれ♪♪

「れ」是由草寫的「礼」字演變而來，礼→ れ→れ

小故事輕鬆聯想

手頭有點緊的時候，最怕紅色炸彈來報到，每出席一場婚宴，都要送出白花花的鈔票當禮金，才不會失禮啊！錢布築先生為了表達對每對新人的祝福，自己的日子只好勒（れ）緊褲帶、省吃儉用，多買點泡麵才能撐到月底！**藉由勒緊褲帶湊禮金來輕鬆聯想（れ）的發音吧！請注意這個字的字源是由「禮」的簡寫（礼）變來的。**

筆順步驟

れ ❶ 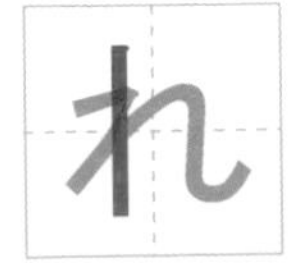 ❷ 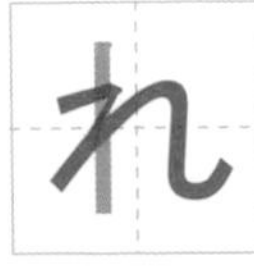

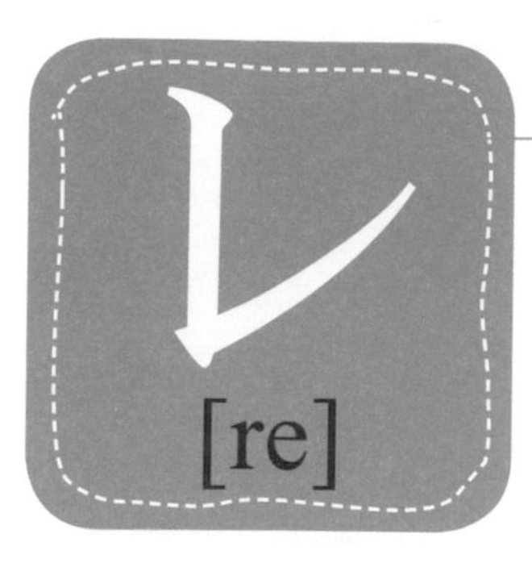

第84課

圖像記憶&口訣

萬般不捨交禮金
勒住痛處別傷心

發音口訣

「レ」的發音也是「re」，亦近似國語的「勒」。

聽Rap記字源

♪♪礼礼礼變レレレ　礼礼變レレ♪♪

「レ」是由「礼」字演變而來，礼→し→レ

小故事輕鬆聯想

錢布築好不容易湊足了禮金，穿戴整齊、寫妥祝新人百年好合的紅包袋，前往婚禮會場，就在交禮金和心愛的鈔票道別時，留下了依依不捨的畫面！雖然花錢如割肉、胸口像被勒（レ）緊一樣地疼痛，但是該花的錢還是要花，就看開一點吧！**藉由被勒緊痛處般的不捨心情來輕鬆聯想（レ）的發音吧！請注意這個字的字源是由「禮」的簡寫（礼）變來的。**

筆順步驟

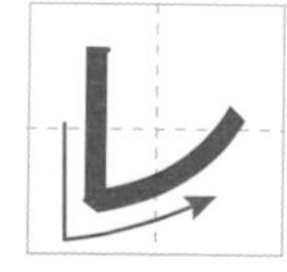

（※請一筆完成，不要分段）

第85課

圖像記憶&口訣

呂洞賓好心餵狗 一不小心被咬嘍

「ろ」的發音為「ro」，近似國語的「嘍」。

聽Rap記字源

♪♪ 呂呂呂變ろろろ　呂呂變ろろ ♪♪

「ろ」是由草寫的「呂」字演變而來，呂→呂→ろ→ろ

小故事輕鬆聯想

知道「狗咬呂洞賓，不識好人心」這句俗語的由來嗎？其實是八仙之一的呂洞賓和同鄉苟杳的一段軼事，以訛傳訛成了「狗咬」呂洞賓。但在一般人的想像裡，卻是好心餵狗的呂洞賓，一不小心被狗咬嘍（ろ），是不是很有趣呢？**藉由呂洞賓被狗咬嘍來聯想（ろ）的發音吧！**

筆順步驟

ろ ❶

（※請一筆完成，不要分段）

ㄖ [ro]

第86課

L86

圖像記憶&口訣

呂布天黑戰群侯 小卒鳴金「收工嘍」

發音口訣

「ㄖ」的發音也是「ro」，亦近似國語的「嘍」。

聽Rap記字源

♫ 呂呂呂變ㄖㄖㄖ　呂呂變ㄖㄖ ♫

「ㄖ」是由的「呂」字演變而來，呂→ㄖ

小故事輕鬆聯想

《三國演義》裡的第一猛將呂布，可是英姿煥發、令人聞之喪膽的戰神，戰群侯這種小事，當然難不倒他囉！只見呂布在虎牢關前三兩下收拾了敵人，打得外面人仰馬翻的。天黑後，小卒見狀大喊：「收工嘍（ㄖ）！」有請呂將軍回營吃飯休息啦！**藉由「收工嘍！」這句口號來輕鬆聯想（ㄖ）的發音吧！**

筆順步驟

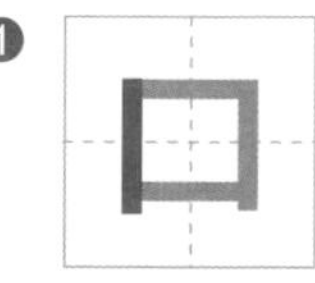

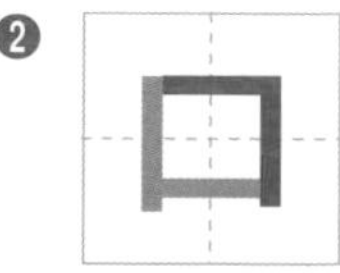

❸

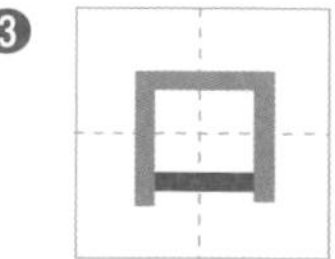

日本豆知識⑨（日本人過新年Ⅱ）

過年的街道，充滿著煥然一新的景象。琳琅滿目的大街讓心怡感到非常好奇，於是從神社返家的路上，小步跟心怡介紹了一些日本人在年節中不可或缺的吉祥物品。

破魔矢（破魔矢、はまや）：一種弓箭，旨在消災解厄。箭身上會綁著一塊木牌，可以寫上對新年的祈望，稱之為「繪馬（絵馬、えま）」。

注連繩（注連縄、しめなわ）：有分圓型跟長型兩種，以當年度收割的新稻梗編成。年節時大家會懸掛在家門前，它是一個結界的象徵，使污穢之物無法通過。

門松（門松、かどまつ）：過年時會擺在家門兩側，左右各一個。日本人篤信過年時神明會降臨帶來福氣，而門松就好像導引神明到來的塔台一樣。

鏡餅（鏡餅、かがみもち）：新年起開始供奉在家裡的麻糬餅，餅上的每樣配料都帶有吉祥的意思，通常日本人在放了十一天後，才會闔家動員開始享用。

麻糬湯（雑煮、ぞうに）：日本人新年必吃的一種料理。

年菜（お節料理、おせちりょうり）：分成三到四層疊裝。裡面精選了十餘種的菜餚，每道菜分別都有吉祥的意義。

一月二日的早上，心怡說昨天她作了一個怪夢，她夢到了「富士山、老鷹跟茄子」，小步很開心的跟心怡說，她今年一定會鴻運當頭。因為日本人深信，一月一日的夜晚如果夢見了這三樣東西，就能帶來好運：

富士山：日本最高的山，為步步高昇的吉兆。

老鷹：鷹為鳥中之王，其銳利的爪子，象徵能夠抓住任何機運的好兆頭。

茄子：在日語中，茄子（茄、なす）與成功（成す、なす）同音，亦為吉祥的象徵。

螺旋式ら、ラ練習

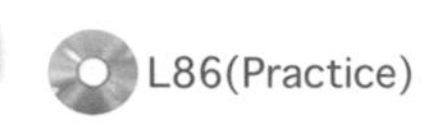

1 らいう

雷雨

1 ライター

打火機

1 りす

松鼠

公升

0 リットル

公升

1 るす

看家

1 ルーム

房間

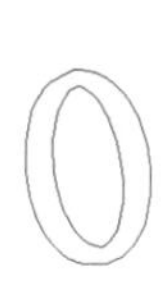

1 れい

零

1 レース

蕾絲花邊

3 ろうや

監牢

1 ロッカー

帶鎖櫃

圖像記憶&口訣

和平鴿飛近水窪
吃飽太閒啄青蛙

「わ」的發音為「wa」，近似國語的「蛙」。

聽Rap記字源

♪♪和和和變わわわ　和和變わわ♪♪

「わ」是由草寫的「和」字演變而來，和→和→和→わ

小故事輕鬆聯想

不是只有人類會在閒來無事時惡作劇，動物也不例外喔！這隻外型美麗的和平鴿大概是想和青蛙（わ）開個小玩笑，拍拍翅膀飛近水窪，迅速地啄了一下青蛙的後腿。青蛙果然大驚失色，哎呀，開玩笑要適可而止喔！**藉由被和平鴿啄了一下的青蛙來輕鬆聯想（わ）的發音吧！**

筆順步驟

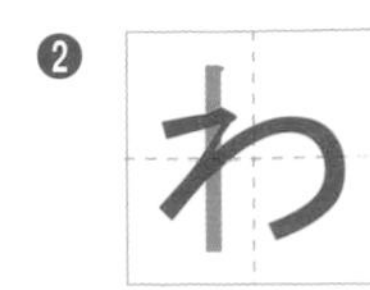

第88課

圖像記憶＆口訣

和風料理真奇怪 青蛙也當下酒菜

「ワ」的發音也是「wa」，亦近似國語的「蛙」。

聽Rap記字源

♪♪ 和和和變ワワワ　和和變ワワ ♪♪

「ワ」是由「和」字演變而來，和→ ワ →ワ

小故事輕鬆聯想

飲食的學問博大精深，不僅中國菜擁有傲視群倫的豐富菜色，鄰國日本獨樹一格的和風料理，也是全球美食地圖中一幅美麗的風景。飛禽走獸無一不可食，拿青蛙（ワ）來做下酒菜也見怪不怪，只是青蛙當然不樂意囉！**藉由一心想逃跑的青蛙來輕鬆聯想（ワ）的發音吧！**

筆順步驟

❶ 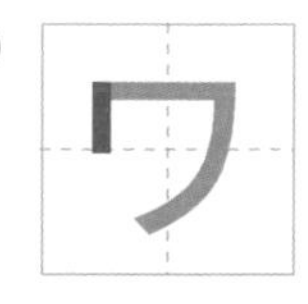

❷ 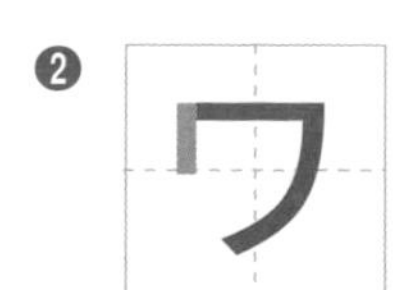

第89課

圖像記憶＆口訣

拿望遠鏡看海鷗
一隻海鷗被圍毆

發音口訣

「を」的發音為「wo」，近似國語的「鷗」。

聽Rap記字源

♪♪遠遠遠變ををを　遠遠變をを ♪♪

「を」是由草寫的「遠」字演變而來，遠→遠→を→を

小故事輕鬆聯想

享受海風的吹拂、欣賞自然的美景，是多麼令人心曠神怡啊！遠方鷗影點點、如詩如畫，菜菜子拿起望遠鏡一看——咦？一隻海鷗（を）竟然正被一群老鷹圍毆！海鷗原來也和人類一樣，受制於弱肉強食的定律啊！**藉由慘遭圍毆的海鷗，來輕鬆聯想（を）的發音吧！**

筆順步驟

を　❶ を　❷ を　❸ を

第90課

圖像記憶&口訣

神乎其技的小偷
惡名響遍全歐洲

「ヲ」的發音也是「wo」，亦近似國語的「甌（歐）」。

聽Rap記字源

♪♪ 乎乎乎變ヲヲヲ　乎乎變ヲヲ ♪♪

「ヲ」是由「乎」字演變而來，乎→ ヲ → ヲ →ヲ

小故事輕鬆聯想

知名博物館發生名畫失竊事件，究竟是誰這麼神通廣大，能破解森嚴的戒備，把價值連城的名畫盜走呢？看來這位惡名遠播的雅賊對自己的絕技沾沾自喜，自詡為歐（ヲ）洲第一神偷，但全歐洲的人對他可都是相當不齒呢！**藉由惡名傳遍歐洲的小偷，來輕鬆聯想（ヲ）的發音吧！**

筆順步驟

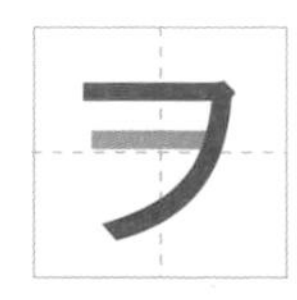

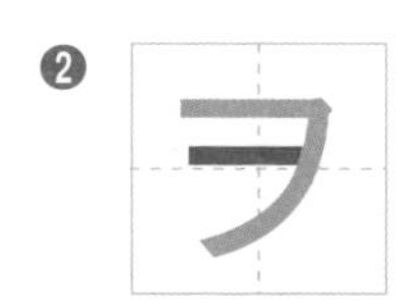

日本豆知識10 （古字與方言）

再住一天！心怡就要離開日本了。小步送她到了機場，發現等候座位旁有人遺失了一個行李包包。心怡好奇的看了一下，包包上的名牌寫著「山田ちゑこ」。心怡她從來沒有看過「ゑ」這個字，於是她好奇的問了小步。小步告訴心怡，在わ這行假名裡還有兩個現代已經逐漸不用的假名，一個是「ゐ（片假名：ヰ）」，唸作「WI」。一個是「ゑ（片假名：ヱ）」，唸作「WE」，它們現代多半也只存在二戰前後出世的一些老婦人的姓名中。

WI　ゐ　ヰ

WE　ゑ　ヱ

心怡好心的把它交給了機場的櫃台，剛好這位老婆婆也正在這裡詢問她遺失的包包。於是老婆婆對心怡說了一句「おおきに」表達感謝之意。心怡聽了一頭霧水，於是問小步是什麼意思？小步告訴她說，在日本！也是有很多方言的。譬如說，就以這位老婦人說的京都方言為例：「おおきに＝謝謝」、「おいでやす＝歡迎」。心怡這才恍然大悟。

心怡要回家了！她的故事也暫時到了一個段落。希望90個口訣故事已經像滾燙的烙鐵一樣，印記在您的腦海裡。不過後面還有喔！在您已經了解清音之後，後面還有濁音及拗音，不過別擔心！掌握了清音，接下來就很簡單了。讓我們作最後的衝刺吧！

螺旋式わ、ワ練習

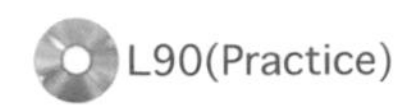

1 わに
鱷魚

1 ワイヤ
電線

ごはんを（ヲ）たべる

及物助詞

鼻　音

鼻音是日語假名中一個很重要的角色，平假名是「ん」、片假名是「ン」，其發音是「N」，近似於中文的「嗯」，許多的單字裡都看得到它。但它幾乎不會獨立使用，必須配合在其它假名之中，才能形成單字。例如：

0 きりん
長頸鹿

1 ワイン
葡萄酒

濁音發音練習

【GA】（音近似國語的「嘎」）

が  0 が（飛蛾）

ガ  1 ガール（少女）

【ZA】（音近似國語的「紮」）

ざ  0 ざっし（雜誌）

ザ 0 ザーサイ（榨菜）

【GI】（音近似英語音標的「gɪ」）

ぎ  1 ぎふ（養父）

ギ  1 ギフト（禮物）

【JI】（音近似國語的「雞」）

じ  0 じしん（地震）

ジ  1 ジープ（吉普車）

【GU】（音近似國語的「姑」）

ぐ  0 ぐ（食材）

グ 1 グラフ（圖表）

【ZU】（音近似國語的「滋」）

ず  2 ずきん（頭巾）

ズ  1 ズルナ（哨吶）

【GE】（音近似英語音標的「gɛ」）

げ 0 げた（木屐）

ゲ 1 ゲート（大門）

【ZE】（音近似英語的「J」）

ぜ  0 ぜいきん（稅金）

ゼ  1 ゼリー（果凍）

【GO】（音近似國語的「溝」）

ご 0 ごりん（奧林匹克）

ゴ  1 ゴルフ（高爾夫）

【ZO】（音近似國語的「鄒」）

ぞ  1 ぞう（大象）

ゾ  1 アマゾン（亞馬遜）

濁音發音練習

L92(Dakuon2)

【DA】（音近似國語的「搭」）

だ  0 だいぶつ（大佛）

ダ  4 ダイヤモンド（鑽石）

【JI】（音近似國語的「雞」）

ぢ 2 こぢから（吹灰之力）

【ZU】（音近似國語的「滋」）

づ  0 いろづけ（上色）

【DE】（音近似英語音標的「dɛ」）

で  0 でめきん（凸眼金魚）

デ 

1 デモ（示威遊行）

【DO】（音近似國語的「兜」）

ど  0 どぐう（繩文人偶）

ド 0 ドミニカ（多明尼加共和國）

【BA】（音近似國語的「八」）

ば  0 ばくだん（炸彈）

バ  1 バイク（機車）

【BI】（音近似國語的「逼」）

び   1 びく（魚簍）

ビ  1 ビーフ（牛肉）

【BU】（音近似國語的「餔」）

ぶ  1 ぶな（山毛櫸）

ブ  0 ブラインド（百葉窗）

【BE】（音近似國語的「卑」）

べ  1 べん（花瓣）

ベ 

1 ベーコン（培根肉）

【BO】（音近似英語音標的「bo」）

ぼ  0 ぼうれい（亡靈）

ボ  1 ボーイ（男孩）

半濁音發音練習

【PA】（音近似國語的「趴」）

ぱ 

2 ぱくる（抄襲）

パ 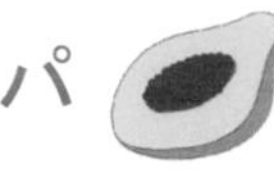
2 パパイア（木瓜）

【PI】（音近似國語的「批」）

ぴ 
1 ぴいぴい（鳥鳴聲）

ピ 
0 ピアノ（鋼琴）

【PU】（音近似國語的「撲」）

ぷ 
2 ぷかぷか（吞雲吐霧）

プ 
1 プール（游泳池）

【PE】（音近似國語的「胚」）

ぺ 
0 ぺらぺら（講話流利）

ペ 
1 ペキン（北京）

【PO】（音近似國語的「剖」）

ぽ 
1 ぽかぽか（暖和）

ポ  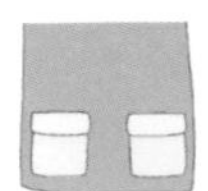
2 ポケット（口袋）

拗音發音練習

L94(Youon1)

「拗音」的唸法

當や、ゆ、よ以較小的字體出現在「き、し、ち、に、ひ、み、り、ぎ、じ、び、ぴ」等每個字的後面時，稱之為「拗音」。而拗音的唸法就是將兩個字連在一起快速地唸。譬如說「きゅ」，就是き+ゆ，きゆ（ki+yu）唸快、音調就會變成了「kyu」，會發出好像「Q」的音調。

【KYA】き+や

きゃ

0 きゃく（客人）

キャ

1 キャプテン（船長）

【KYU】き+ゆ

きゅ

1 きゅうり（小黃瓜）

キュ

1 キューバ（古巴）

【KYO】き+よ

きょ

0 きょうざい（教材）

キョ

1 キョンシー（殭屍）

【SHA】し+や

しゃ

3 きゅうきゅうしゃ（救護車）

シャ

3 シャンパン（香檳）

【SHU】し+ゆ

しゅ

0 しゅうまつ（週末）

シュ

1 シュート（足球射門）

【SHO】し+よ

しょ

0 しょうゆ（醬油）

ショ

1 ショー（表演）

【CHA】ち+や

ちゃ

0 こうちゃ（紅茶）

チャ

1 チャット（網路線上聊天）

【CHU】ち+ゆ

ちゅ

1 ちゅうどく（中毒）

チュ

1 チューリップ（鬱金香）

【CHO】ち+よ

ちょ

0 ほうちょう（菜刀）

チョ

3 チョコレート（巧克力）

拗音

拗音發音練習

L95(Youon2)

【NYA】に+や

にゃ

1 にゃあにゃあ（貓叫聲）

【HYA】ひ+や

ひゃ

2 ひゃく（１００）

【MYA】み+や

みゃ

0 さんみゃく（山脈）

ミャ

1 ミャンマー（緬甸）

【RYA】り+や

りゃ

0 りゃくだつ（搶奪）

リャ

1 リャマ（美洲駝）

【NYU】に+ゆ

にゅ

3 しょうにゅうせき（鐘乳石）

ニュ

1 ニュース（新聞）

【HYU】ひ+ゆ

ひゅ

1 ひゅうひゅう（強風吹聲）

ヒュ

1 ヒューズ（保險絲）

【MYU】み+ゆ

ミュ

1 ミュージック（音樂）

【RYU】り+ゆ

りゅ

0 りゅうさん（硫酸）

リュ

4 リュックサック（背包）

【NYO】に+よ

にょ

1 にょうぼう（妻子）

【HYO】ひ+よ

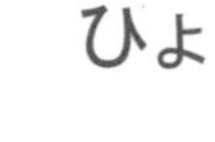

ひょ

1 ひょう（豹）

【MYO】み+よ

みょ

1 みょうじ（姓氏）

【RYO】り+よ

りょ

1 りょうし（漁夫）

拗音發音練習

L96(Youon3)

【GYA】ぎ+や

ぎゃ

0 ぎゃくたい（虐待）

ギャ

1 ギャル（辣妹）

【GYU】ぎ+ゆ

ぎゅ

0 ぎゅうにく（牛肉）

ギュ

1 フィギュア（公仔）

【GYO】ぎ+よ

ぎょ

0 ぎょうれつ（排隊）

ギョ

0 ギョウザ（鍋貼）

【JA】じ+や

じゃ

0 じゃぐち（蓮蓬頭）

ジャ

1 ジャガー（美洲豹）

【JU】じ+ゆ

じゅ

1 じゅうい（獸醫）

ジュ

1 ジューサー（果汁機）

【JO】じ+よ

じょ

0 じょゆう（女演員）

ジョ

1 ジョーカー（撲克牌的鬼牌）

【BYA】び+や

びゃ

300

1 さんびゃく（300）

【BYU】び+ゆ

ビュ

1 ビューティー（美麗）

【BYO】び+よ

びょ

0 びょうき（生病）

【PYA】ぴ+や

ぴゃ

600

0 ろっぴゃく（600）

【PYU】ぴ+ゆ

ピュ

3 コンピューター（電腦）

【PYO】ぴ+よ

ぴょ

0 でんぴょう（傳票）

台灣廣廈國際出版集團
Taiwan Mansion International Group

國家圖書館出版品預行編目（CIP）資料

學日語50音不用背！/ 木村学著. -- 初版. -- 新北市：國際學村，
2020.02
面； 公分
ISBN 978-986-454-119-5(平裝)
1. 日語 2. 語音 3. 假名

803.1134 108023062

學日語50音不用背：
口訣+字源+諧音+自然律動50音，日語假名一次學到好

作　　者／木村学
編輯中心編輯長／伍峻宏・**編輯**／王文強
封面設計／張家綺・**內頁排版**／東豪印刷事業有限公司
製版・印刷・裝訂／東豪・弼聖・明和

行企研發中心總監／陳冠蒨
媒體公關組／陳柔彣
綜合業務組／何欣穎
線上學習中心總監／陳冠蒨
數位營運組／顏佑婷
企製開發組／江季珊、張哲剛

發 行 人／江媛珍
法律顧問／第一國際法律事務所 余淑杏律師・北辰著作權事務所 蕭雄淋律師
出　　版／語研學院
發　　行／台灣廣廈有聲圖書有限公司
地址：新北市235中和區中山路二段359巷7號2樓
電話：（886）2-2225-5777・傳真：（886）2-2225-8052
讀者服務信箱／cs@booknews.com.tw

代理印務・全球總經銷／知遠文化事業有限公司
地址：新北市222深坑區北深路三段155巷25號5樓
電話：（886）2-2664-8800・傳真：（886）2-2664-8801
郵 政 劃 撥／劃撥帳號：18836722
劃撥戶名：知遠文化事業有限公司（※單次購書金額未達1000元，請另付70元郵資。）

■出版日期：2020年02月
2024年04月8刷
ISBN：978-986-454-119-5